BLACK CLOUD

L'auteur

Vincent Villeminot a 51 ans. Il écrit des romans depuis 2008, notamment pour les adolescents et les jeunes adultes.

Du même auteur, chez Pocket Jeunesse

Instinct, livres 1, 2 et 3, format poche
Nous sommes l'étincelle
U4, Stéphane, format poche
Comme des sauvages
L'île
Réseau(x) 1, format poche
Réseau(x) 2, format poche

L'illustrateur

Après des études à l'EESI de Poitiers où il touche au cinéma d'animation, **Julien Martinière** réalise ses premiers ouvrages jeunesse en 2006. Travaillant à l'encre de chine, au rotring ou à la plume, le dessin est pour lui un moyen de mettre en place des images complexes et exigeantes. En 2018, il obtient la Pépite d'or du Salon du livre jeunesse de Montreuil pour *Le tracas de Blaise* (sur un texte de Raphaële Frier). Il enseigne également en école d'art (ECV) le dessin et l'illustration.

VINCENT VILLEMINOT

BLACK CLOUD

1. LE ROYAUME

POCKET JEUNESSE
PKJ·

Directeur de collection : Xavier d'Almeida

Loi n° 49 956 du 16 juillet 1949 sur les publications
destinées à la jeunesse : août 2023.

ISBN : 978-2-266-33721-2
Dépôt légal : août 2023

« Avant, le Royaume, c'était ça… »

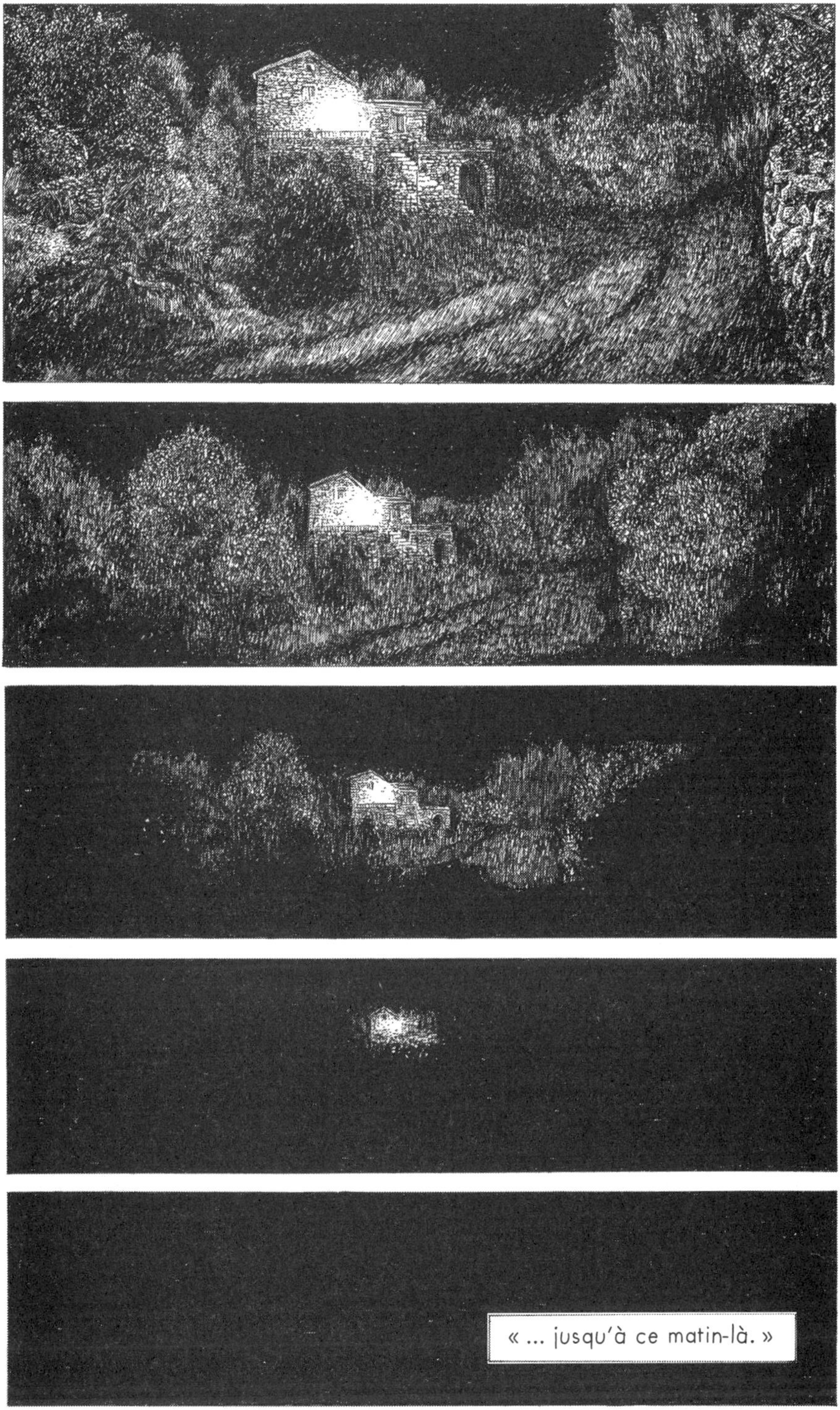
« ... jusqu'à ce matin-là. »

1.

Il faisait encore nuit, ce matin-là, quand Papa nous réveilla en allumant la chambre.

Nuit noire. Ça se voyait à la fenêtre. C'était l'obscurité, comme les matins de collège en janvier. On était pourtant un dimanche, et en avril.

Qu'est-ce qui lui prenait de nous réveiller si tôt ?

ZeCrow grogna.

– Qu'est-ce qui se passe ? je demandai.

– Je ne sais pas, répondit Papa.

À sa voix, je compris qu'il n'avait pas répondu à ma question, mais à une autre.

J'entendis une incompréhension, et une sourde inquiétude.

Je le connais, je sais quand ça ne va pas...

Lorsqu'il fut sorti, ZeCrow grommela, sous sa couette, avec son ton caverneux, inimitable, du matin.

– Ça y est, cet homme a basculé dans la démence sénile et dans le crime.

Mon frère a sept ans, mais pas mal de vocabulaire.

En l'occurrence, il parlait de l'heure du réveil, je suppose.

Bien sûr, comme tous les dimanches, Papa voulait que nous allions à la messe, et on râlerait, on traînerait des pieds… Mais enfin, normalement, c'est à 11 heures, et on se fait une grasse matinée.

Un coup d'œil pour vérifier, à ma montre-chrono-altimètre-boussole : en fait, il ne nous avait pas réveillés plus tôt. Mon réveil marquait 9 h 30. C'était le jour qui se levait plus tard. Trop tard. Qui ne se levait pas.

2.

Papa écoutait les infos avec Jacques dans la cuisine quand on les rejoignit, ZeCrow et moi.

Jacques, c'est mon grand frère. Il a un nom de vieux, et ça lui va bien : il est vieux dans sa tête, depuis toujours ; raisonnable, consciencieux, obéissant, travailleur, responsable.

Alors qu'il a dix-sept ans.

Il sait tout sur tout, travaille bien à l'école, et nous administre des leçons. Des fois, quand il en fait trop, on l'appelle « Wikipédia ». Ses copains font ça aussi, au lycée, pour se moquer de lui.

Mais le plus souvent, entre frères, on l'appelle « Jack », ce qui veut dire qu'on prononce « Djack », parce que ça ressemble tout de même davantage à un prénom de cow-boy. Et donc de méchant, pour nous autres, les Indiens.

ZeCrow, c'est mon petit frère.

En réalité, il s'appelle Paulo.

ZeCrow est son nom d'Indien, parce qu'en anglais ça signifie « le Corbeau » ; or les Indiens portent des noms d'animaux, et Paulo aime les oiseaux (mais de ça, je vous reparlerai).

Et, en plus, le crow était une langue siouane.

Mais la tribu des Crows servait d'éclaireurs aux cow-boys, nous a dit « Wikipédia » en rigolant.

À mon avis, ce n'est pas ce qu'elle a fait de mieux, la tribu.

Et ce n'est pas la question, tout ça.

Disons juste qu'en gros, ZeCrow est tout le contraire de Jacques. C'est un génie, je crois. Enfin, un garçon très étrange.

Mais je vais essayer de raconter dans l'ordre.

À la porte-fenêtre de la cuisine, on voyait qu'on ne voyait toujours rien. La radio parlait d'un nuage et d'une explosion inexpliquée.

J'ouvris, fis quelques pas sur la terrasse, levai les yeux au ciel : ce n'était pas un ciel de nuit, c'étaient ces absences de lumières, ces ténèbres qui tombent brutalement et précèdent les pires orages – lorsque soudain le soleil semble avoir disparu, qu'en quelques minutes on imagine une éclipse. Mais en plus noir encore. La nuit était restée sur la terre. Ou plus exactement, un voile dissimulait le soleil à nos yeux, même si on devinait que l'astre se cachait derrière, très loin.

Je rentrai.

– Ben merde, dis-je.

Comme s'il avait attendu le compte rendu de mes observations, ZeCrow demanda :

– C'est une bombe ?

– On ne sait pas, répondit Papa. Une énorme explosion nucléaire, délibérée ou non, une éruption volcanique géante, ou le choc d'une météorite. Personne ne sait.

– Ça s'est produit très loin à l'est cette nuit, et le nuage vient sur nous d'heure en heure, compléta Jacques. C'est la panique...

– Il va provoquer un hiver ? je demandai.

– C'est-à-dire ?

– C'est ce qui s'est produit après l'explosion de l'île de Santorin, précisa Djack. Et avec l'Okmok après la mort de César. Et en 934 avec l'Eldgjá, en plein hiver viking.

Pas possible, il avait révisé...

– Et aussi ce qui explique probablement la disparition des dinosaures, fis-je, légèrement surexcité.

– Un volcan, ou une météorite, reprit Djack. Son explosion, ou sa chute, provoque un nuage de cendres, ou de poussières, qui mettent si longtemps à retomber qu'elles dissimulent le soleil pour des mois, voire des années.

– Du coup, toutes les cultures meurent, c'est la famine, les herbivores crèvent, puis les carnivores, et c'est la fin. Bim. L'extinction.

J'avais claqué des doigts.

Papa et ZeCrow nous regardaient, même pas surpris.

Ils étaient habitués. Aux longues phrases savantes de Djack. Au fait que j'en aie retenu une partie, la partie la plus spectaculaire, disons – j'ai une excellente mémoire pour tout ce qui m'intéresse, à savoir tout ce qu'on apprend le moins à l'école : les cataclysmes, les monstres, les guerres, les animaux bizarres, les apocalypses, les mondes perdus, les spectres, les vampires et les dinosaures.

Au collège, les copains m'appellent « le Dingue ».

Ou, plus souvent, « Mytho-Man ».

Ce n'est pas à cause de la mythologie (que j'aime bien). Et ce n'est pas un compliment, dans leur bouche.

Je vous expliquerai...

ZeCrow demanda :

– Et si c'est nucléaire, il peut y avoir des retombées ?

– Tu parles ! je confirmai.

– Genre des mutations ? Des monstres ?

– J'imagine, fis-je, même si je n'en savais rien.

– Si ça se trouve, rien qu'en sortant, t'as été contaminé, ajouta-t-il.

– On dit irradié, corrigeai-je.

– Arrêtez, on n'en sait rien, nous coupa Jacques.

Il préférait ne pas savoir, sans doute. Ou il se fiait rationnellement à ses seules connaissances, au lieu de broder comme n'importe quelle personne normale.

– Mais dans ce cas, moi je trouve qu'on devrait peut-être pas sortir avant d'avoir des infos, ajouta ZeCrow.

On sourit. C'était donc là qu'il voulait en venir : sécher la messe.

Il roula des yeux dans ma direction pour que je vienne à son secours. Mais je ne pouvais pas, en l'occurrence – puisque, selon ses conclusions, j'étais *déjà* irradié.

Papa ne commenta même pas, il se leva de son tabouret, dit :

– Léo, Paulo, préparez-vous... Et n'oubliez pas de vous brosser les dents.

ZeCrow (Paulo, donc) déteste la messe parce qu'il déteste être enfermé une heure quelque part, sauf au cinéma, et parce qu'il s'ennuie à l'église. Jacques n'aime pas beaucoup ça non plus, la messe, je crois. Mais il ne proteste pas, lui, parce que mon père veut qu'on y aille chaque dimanche depuis la mort de Maman, il y a cinq ans, d'un cancer à la noix. Enfin, au sein ; mais à la noix, aussi.

Et il respecte ça. Il vit pour rendre la vie de Papa plus facile depuis que Maman est morte.

Moi aussi, je m'y ennuie, à la messe – mais ça n'est pas la question.

Moi, au moins, j'en profite pour voir Maman.

Oui, je sais, elle est morte il y a cinq ans. Je vous l'ai dit. Mais, à la messe, je discute avec le fantôme de Maman.

3.

Quand on arriva à l'église de LaFayette *, des petits groupes discutaient sur le parvis, et jusque sous le porche. De l'explosion, bien sûr. Et de la nuit qui s'éternisait.

En entrant, je constatai qu'il manquait des habitués sur les bancs. D'autres étaient venus, en revanche, qu'on ne voyait pas en général. Peut-être parce que la peur fait réagir les gens très différemment.

Les vitraux, d'ordinaire colorés et traversés par la lumière, étaient noirs, donc impossibles à lire.

Sur les bancs, tout le monde parlait à voix basse de ça : l'éruption, ou la collision stellaire, ou le cataclysme nucléaire, et cette nuit en plein jour.

---

* Le nom de mon village a été changé, pour cette publication...

Et au-dessus de mon banc, dans le coin où je vais toujours m'asseoir, Maman m'attendait.

En temps normal (quand Maman n'est pas là), sainte Machine est une statue de plâtre blanc, imitant un marbre blanc. Sainte Machine ne ressemble même pas à Maman.

Mais ce matin, elle avait cette blancheur bleutée qu'on prête aux fantômes.

Dans ces cas-là, elle semble vibrer. Irradier. Une lumière émane d'elle. Son sourire céleste devient très humain, merveilleux, doux et amusé.

J'en ai parlé à mes frères, et à Papa, mais ils ne remarquent rien.

Maman habite la statue, l'occupe, la hante.

Moi, je la vois. Je la vois avec une netteté de songe éveillé. Le visage de la statue se transforme. Ses gestes cessent de se figer, la nuque est plus souple, le dos plus cambré, les poignets moins hiératiques, plus gracieux. Je sais qu'il ne faut pas essayer de la toucher pendant les apparitions, qu'elle serait froide et triste comme le plâtre, et s'éteindrait.

Ça nous chagrinerait tous les deux.

Bref, je m'assis sous le socle de Maman, contre le mur. On échangea un peu, à propos de cet étrange dimanche, à mi-voix.

Maman ne savait pas ce qui s'était passé. Ce n'est pas parce qu'on est morte qu'on a des informations très précises sur le monde. Au contraire. Les fantômes n'ont pas la radio ni internet. Et encore moins des prémonitions.

Alors souvent, c'est plutôt moi qui lui donne des nouvelles.

Parfois, elle n'en croit pas ses oreilles, surtout quand on ne s'est pas vus depuis longtemps (je ne sais jamais quand son fantôme va venir hanter sainte Machine) ; alors je marmonne avec elle pendant la moitié de la messe ; je finis par hausser un peu le ton quand je veux être convaincant, ou emphatique ; les gens du banc voisin se mettent à me regarder... Je me reprends, baisse d'un cran, pour éviter que ces paroissiens, et tous les autres, pensent que je suis fou. Ou bizarre.

Je crois qu'on a déjà une sérieuse réputation, au village.

Mais à l'église, au moins, personne ne m'appelle « le Dingue » ni « Mytho-Man ». Parce que je ne parle à personne, sauf à une statue ; parce qu'il n'y a jamais aucun de mes camarades du collège, sauf parfois la nuit de Noël.

Bref encore, on murmura ce matin-là, et Maman ne savait rien. Elle n'avait pas remarqué un afflux particulier de nouveaux fantômes dans le Royaume des morts. Elle ne pouvait expliquer ni l'explosion – ou la catastrophe – ni l'obscurité.

Elle ne pouvait que les constater à travers les vitraux, noirs.

Le prêtre changea le texte de la Bible qu'on aurait dû lire.

Il choisit quelque chose qui disait notamment : « Aussitôt après ces jours de détresse, le soleil s'obscurcira, la lune ne donnera plus sa lumière, les étoiles tomberont du ciel et les puissances célestes seront ébranlées... » Et ça parlait aussi de fin du monde, et je voyais les paroissiens hocher la tête – mais moi, je n'y croyais pas.

— Tu vois, les gens, ça les rassure, de voir que c'était prédit, me murmura Maman. Même si ce sont les pires prédictions, au moins c'est dans les clous.

— C'est une météorite, lui chuchotai-je. Ou un volcan. Rien à voir avec l'Apocalypse... C'est pas la fin du monde. Juste la nôtre, au pire.

— Ce serait déjà contrariant, quand même. Avoue...

– J'avoue, oui. Mais pas très nouveau. Les dinosaures ont peut-être cru à la fin du monde, eux aussi.

— Tu crois qu'ils se retrouvaient pour lire des prophéties ?

Elle gloussa. On imagine que les fantômes de mamans mortes ont des petits rires de clochette triste. Mais Maman a toujours eu un rire franc, sonore, et tellement communicatif – même quand elle était vivante, il me semble. Après, peut-être que je ne me souviens pas bien, que je reconstruis. J'avais sept ans quand elle est morte. Je me rappelle que, parfois, son rire était si tonitruant qu'il nous embarrassait, quand on était dans un endroit public, un cinéma, à la terrasse d'un café.

Là, heureusement que personne ne l'entendait, à part moi.

Ce n'était vraiment pas le moment.

– Voilà, grâce à toi, on sait à quoi servaient les tout petits bras des tyrannosaures, ajoutai-je quand elle se fut essuyé les yeux. Ils lisaient des livres sacrés. Ou des livres de collapsologie.

– Et si c'est une explosion nucléaire ? reprit Maman, sérieusement.

– Je ne sais pas. Là, on manque de précédents. Mais je vais essayer de demander à Djack ce qui pourrait se passer...

– Tu me raconteras, dit-elle. Quand tu pourras. Au fait, ça va mieux, avec lui ?

– Non, il est toujours aussi barbant.

– Tu l'embrasseras quand même pour moi... À bientôt.

Elle quitta la statue.

Elle s'en allait. Déjà.

Comme toujours, je faillis bondir sur mes pieds, sauter sur le banc, lui crier de rester un peu plus, s'il te plaît, j'ai besoin de toi – mais ça ne servait à rien.

On ne peut pas retenir un fantôme qui a décidé de s'en aller.

Et ce serait bizarre, en pleine messe.

L'instant d'après, je vis son âme bleue et nébuleuse s'envoler et se dissoudre, non pas comme d'habitude dans la lumière du vitrail, mais sous la voûte cintrée. La statue de sainte Machine avait repris son air pieux et un peu las. Quand elle fait cette tête-là, elle m'énerve...

4.

On sortit. Il faisait toujours nuit (une nuit un peu plus obscure encore qu'une heure plus tôt, à moins que ce soit juste une impression, après une heure de lumière artificielle). On s'en doutait, de toute façon : les vitraux étaient restés sombres et mats pendant toute la cérémonie. Mais quand même, ça faisait un choc.

On piétina un moment sur les marches et sur le parvis, avec les autres habitués.

Ça hésitait. Ça donnait son avis. L'assistance avait à moitié envie de rester groupée, de faire des plans sur la comète ; et à moitié de filer se mettre à l'abri, pour ne pas rester sous ce nuage de nuit dont les cendres se dissipaient peut-être dans l'air, et nous empoisonnaient.

Papa envoya ZeCrow chercher le pain, comme tous les dimanches.

On le cueillit au passage, en voiture, et on remonta chez nous, à vingt-cinq minutes.

Le seul truc vraiment inhabituel, c'est que mon père laissait la radio allumée sur une chaîne d'information continue où des gens discutaient des faits, et surtout du fait qu'ils ne savaient rien.

Une fois arrivés, on alluma les plafonniers. D'ordinaire, en avril, la lumière entre partout dans la maison jusqu'à 14 heures, même quand il pleut (la cuisine et le salon sont orientés à l'est, je vous ferai un plan) ; alors, ça avait des allures de soir d'hiver.

J'allai à la cuisine pour éplucher les patates, c'était mon tour.

Papa me rejoignit, il me demanda :

– LF, tu as parlé à ta mère ? Elle était là, aujourd'hui ?

– Ouais.

Il attendait que je lui en dise plus.

– Elle ne sait pas du tout ce qui se passe. Quand je lui ai expliqué que, peut-être, c'était l'extinction finale, on a ri. On a parlé tyrannosaures, prophéties, et elle m'a dit : « À bientôt »...

Il hocha la tête, dit :

– Bien, bien.

J'étais presque certain que mes deux frères avaient écouté, et qu'ils souriaient, goguenards, dans la pièce d'à côté. Ils ne pensent pas que je suis fou, non. Ils pensent que je mens, sur Maman comme sur le reste.

Je m'appelle Léo Fourchade, et les gens qui ne m'appellent pas « le Dingue » ou « Mytho-Man » me surnomment « LF » ; même mon père, quand il veut être enjoué, ou familier, ou qu'il veut noyer le poisson parce qu'il a un truc délicat à me demander ; parfois, les gens disent aussi « Fourch' », sauf ZeCrow et Jacques qui m'appellent « 'Chu ». Et pour tout le monde (sauf Papa peut-être), je sais que ce sont les initiales ou les diminutifs de « Langue Fourchue ».

Parce que je mens. Tout le temps.

Si j'ai un super-pouvoir, c'est celui-là.

Je suis le maître des baratineurs – et comme je peux truffer mes mensonges de plein de choses que j'ai retenues dans tout ce que nous raconte « Wikipédia », c'est assez facile.

Ça impressionne même vachement, au début.

Les profs qui me découvrent s'imaginent que je vais être un bon élève ; que je lis d'autres livres que mes mangas. Les nouveaux se disent que je suis peut-être un incompris, un génie.

Ensuite, ils se rendent compte.

Ils me démasquent.

« Le roi des mythos », ils concluent.

Et ensuite, tout le monde continue de m'écouter, vaguement, mais plus personne ne me croit.

Je vous aurais prévenus. Je vais tout vous raconter, mais si ça se trouve, je vous débiterai des bobards, je ferai le Mytho-Man. Vous ne serez pas obligés de me croire – n'empêche, c'est moi le seul à pouvoir tout raconter.

Papa, lui, il croit à cette histoire de fantôme. Jacques prétend que c'est parce qu'il est comme moi : il a trop besoin de penser que Maman est encore là, et qu'elle veille sur nous.

C'est comme pour la messe, selon mon frère.

Quand il dit ça, je lui conseille d'en parler à son psychiatre.

ZeCrow, lui, il a une autre version : il dit que c'est possible ; il dit que des fois, j'invente effectivement des choses, et qu'elles se réalisent simplement parce que je les ai prédites. D'après lui, je suis un magicien, un chaman.

N'empêche qu'il m'appelle 'Chu, et que vous pouvez chercher à entendre le moindre « u » dans Léo Fourchade, vous n'en trouverez pas. Donc lui aussi pense que j'ai la langue fourchue.

On déjeuna.

Ensuite, Papa et Jacques prirent le café, notre père passa un peu de temps à regarder ses mails, et il rappela Jacques pour « qu'ils discutent d'un truc, entre grands », nous dit-il.

Ça voulait dire qu'il fallait qu'on débarrasse le plancher.

Nous, avec ZeCrow, on avait envie d'espionner par le plancher du premier étage, bien entendu. Mais on était persuadés que Papa tendrait l'oreille.

S'il nous surprenait, ça barderait. Et vu qu'on n'était pas sûrs qu'il nous autoriserait à sortir ensuite, on se dit que c'était donc plutôt le moment de filer en douce.

5.

On monta au grenier, qui est à l'étage du rez-de-jardin, mais qui a une sortie en rez-de-chaussée (la maison est bâtie sur une pente) (je vous le ferai, ce plan, juré).

Et par là, on sortit dans la pénombre crépusculaire.

On avait assez hâte d'être dehors, et même pas peur, en dépit des dangers d'extinction finale ou de radiations thermonucléaires. Pour ce qui est de l'obscurité, on avait aussi l'habitude : on sort souvent la nuit, avec ZeCrow. Des fois, même, on le dit à Papa.

On attrapa nos blousons à la volée.

L'absence de soleil refroidissait la terre.

Nos lampes torches et nos lampes frontales, ça faisait des petits faisceaux blancs et fragiles, désordonnés, qui se croisaient, perçaient les ténèbres. Ce n'était pas la nuit, en fait : là, ce nuage invisible, tellement épais et énorme et lourd de cendres ou de radiations ou de poussières, c'était une obscurité artificielle, menaçante. On devinait ses contours, son épaisseur et ses volutes au-dessus de nous comme une présence fantastique. On devinait les silhouettes des arbres et des collines, noir sur le gris anthracite, ou le gris de plomb. Aucune autre couleur.

En descendant, on vit se découper derrière nous la silhouette du « Donjon », comme on appelle la maison.

On devinait l'herbe d'un gris sombre et la terre d'un gris plus clair, sous nos pieds.

On dégringola les terrasses du « Royaume », comme on appelle notre jardin – il a été terrassé par des hommes depuis des siècles, en « chambas », il descend en pente douce puis plus forte jusqu'au ruisseau en contrebas, à vingt minutes de course hors d'haleine.

Le Royaume est couvert aux trois quarts par la forêt.

La forêt, aujourd'hui, on n'aurait jamais pu supposer qu'elle fêtait sa renaissance comme elle le fait à chaque printemps. Sous ce soleil caché, elle n'embaumait plus les parfums des fleurs et des bourgeons ; les feuilles neuves étaient grises ; il n'y avait pas cette atmosphère merveilleuse des jours d'avril. Et pas davantage des nuits d'avril.

On slaloma entre les arbres, en dévalant, en glissant sur le tapis des feuilles de l'automne précédent. Je ralentis un peu, parce que ZeCrow est agile, mais il a des jambes de nain, enfin de garçonnet. Luge sur les fesses dans l'humus, pour finir... Et puis hop ! On se relève, on se frotte le cul, on repart.

On s'arrêta au ruisseau.

Il ne reflétait rien, ni les rayons à travers les branches, ni l'éclat de la lune. Il avait son petit chant métallique, mais pas son allure miraculeuse.

Mon frangin se pencha pour boire l'eau glacée dans la coupe de ses mains. Comme j'écoute de temps en temps ce que nous dit « Wikipédia », je lui rappelais la somme de bactéries et d'autres cochonneries qu'il risquait d'avaler, surtout que les vaches de Roland avaient certainement bu en amont, et peut-être aussi qu'elles avaient uriné dans le ruisseau. En bon Mytho-Man, j'ajoutai que, en cas d'explosion nucléaire, la pisse de vache, c'est pire que tout.

ZeCrow s'essuya les lèvres, se marra.

– Du coup, tu prends pas un grand verre de pipi, 'Chu ? Le dernier avant qu'il soit irradié ?

Ensuite, on remonta dans la forêt.

C'était plus fatigant dans ce sens, on dérapait sur les feuilles.

Mais on en profitait, de cette lenteur, on guettait de toutes nos oreilles. On essayait de voir dans la pénombre quels animaux fouissaient ou détalaient, d'un fourré à l'autre, à travers le sous-bois.

On crut entendre un blaireau qui aurait confondu ce jour obscur avec la nuit.

Alors on resta un peu, mais notre affut fut vain.

Quand on déboucha à l'orée de notre bois, on leva les yeux : on retrouvait le Donjon et son profil, noir.

Rien, pas une particule de lumière, pour que les pierres de granit, clair d'ordinaire, accrochent un reflet.

– T'as remarqué, il n'y avait pas un oiseau, dit ZeCrow. Ni à l'aller ni au retour. Pas un rapace, ni un oiseau de nuit ni les oiseaux du jour.

Non, je n'avais pas remarqué.

L'absence de cris, de trilles, de roucoulements, c'était ça qui avait rendu cette balade sinistre.

– Ils ne disaient pas un mot, ajouta-t-il. Ils se taisaient. En plein printemps.

J'eus soudain la gorge serrée. Je le connais, c'était sa façon à lui de dire qu'il se sentait désespéré. Que son cœur était glacé. Que c'était la fin de son monde

– Si, je crois que j'ai entendu un couple de geais, prétendis-je. Sur la chamba des merveilles.

Mais je me doutais qu'il ne croirait pas mon mensonge. Alors je lui passai un bras autour des épaules, et le secouai un peu, pour le réconforter comme l'aurait fait n'importe quel grand frère normal.

6.

Papa était un peu furieux qu'on soit sortis sous ce nuage sans lui en parler. On se fit enguirlander. Mais à peine, et au fond, il était comme nous : il n'envisageait pas une minute de nous tenir enfermés pendant des jours, voire des semaines... On serait tous devenus fous. Nous d'abord, ZeCrow et moi. Et Jacques et Papa, ensuite, à cause de nous.

Je dis « des semaines », parce qu'à ce moment, je crois qu'on avait déjà compris, on commençait tous à se faire à cette idée : la nuit allait durer.

Et peut-être Papa ne pensa-t-il pas vraiment à nous engueuler parce qu'il avait déjà la suite en tête.

Il nous dit qu'il en avait parlé avec Jacques. Qu'on allait profiter de la soirée pour faire quelque chose qu'il jugeait indispensable vu les circonstances – dont il voulait qu'on sache qu'en temps ordinaire, c'était très mal.

Il passa une bonne demi-heure à nous rappeler pourquoi le vol, c'était mal. Prendre le bien d'autrui, c'était nier le travail qu'il avait accompli ; c'était se considérer plus important que lui, avec nos besoins, nos désirs.

Nous, on acquiesçait, « oui, oui ».

On était surtout impatients de savoir ce qu'on allait commettre, comme crime.

Finalement, il nous expliqua toute l'affaire.

Il nous annonça d'abord que toutes les écoles, tous les collèges et lycées fermaient, au moins pour trois semaines. Dont les nôtres.

La même pensée nous traversa.

« Yeaaaaaaaah !!!!! ».

Ensuite, il dit qu'il avait reçu trois mails du boulot, ce midi. Les trois messages électroniques disaient que le magasin serait interdit au public, demain. (Papa travaille au Super U, comme chef de rayon – c'est un travail qu'il a pris quand Maman est morte ; ça ne lui plaît pas vraiment mais, dit-il, « il faut que vous, vous puissiez choisir votre vie ».) (Je déteste quand il dit ça.)

Il nous expliqua qu'on anticipait une crise terrible, si le nuage restait. Parce que s'il nous faisait perdre ce printemps, il n'y aurait aucune culture, aucun potager, aucune récolte, cette année. Et donc pas de nourriture, sauf les réserves.

Le gouvernement allait organiser dès à présent le rationnement de toute la population.

La gendarmerie, la police et l'armée devaient constituer des « stocks stratégiques », sécuriser la nourriture, les médicaments, l'eau potable.

Chaque individu, chaque famille recevrait apparemment des tickets de rationnement ; il fallait que rien ne soit gaspillé ou dispersé d'ici là ; les salariés du Super U seraient mobilisés pour « sécuriser le bâtiment et les réserves », c'est-à-dire monter la garde, et préparer des colis pour les habitants.

– Tout le monde ici cultive un peu, ajouta Papa. Tout le monde va comprendre très vite ce que ça veut dire, une année sans printemps. On peut s'attendre à une panique même plus rapide qu'en ville...

La preuve, il avait reçu un message téléphonique d'un de ses « amis », Jérôme, le patron de la Fédération de pêche – avec qui il s'était engueulé deux fois, mais qui venait en tracteur déplacer les plus grosses pierres quand on remontait les terrasses.

Jérôme lui demandait s'il avait eu des infos, concernant une fermeture des magasins. Et ce qu'il comptait faire. Avec des sous-entendus.

– Les types comme lui n'accepteront jamais de devoir compter sur le gouvernement pour se nourrir. Je pense que les magasins vont être attaqués, dès demain, quand on va constater que leur accès est réglementé. Et je crois qu'on va être abandonnés, qu'il n'y aura pas assez de gendarmes pour empêcher les pillages. Rappelez-vous, pendant le confinement... Là, on devra se débrouiller.

– Et du coup, on va faire quoi ? demanda ZeCrow, qui n'en pouvait plus.

– On va se mettre à l'abri. Nous quatre. Dès cette nuit. Avant le bordel...

C'était très très rare que Papa dise des gros mots devant nous.

On n'osa donc rien ajouter.

« Bordel », dans sa bouche, ça signifiait des perspectives graves, terribles, une sorte de fin de civilisation, un retour à la barbarie, la loi de la jungle.

Un truc cool.

7.

Il nous expliqua son plan pendant qu'on se préparait. On allait descendre au Super U de LaFayette. Cette nuit. On allait se servir avant les autres. Récupérer et stocker un an de vivres.

– On va les voler ? s'exclama ZeCrow, incrédule.

– Oui, d'une certaine façon.

– Tu veux qu'on pille avant les pilleurs, c'est ça ? je demandai.

– On va mettre des cagoules ? demanda ZeCrow.

Papa hocha la tête, puis la secoua.

– Non, non, on n'est pas des pillards.

Il se leva.

– Mais quand votre maman est morte, je lui ai promis de prendre soin de vous, quoi qu'il arrive. Quoi qu'il se passe. Je ne lui ai pas promis que je prendrais soin de toute l'humanité, ou de toute la ville, ou de la civilisation, non... Juste de vous trois.

Il se tourna vers moi :

– En gros, s'il y a trois dinosaures plus aptes que les autres à survivre, je veux que ce soit vous. C'est mon boulot de diplodocus, de vous tirer d'affaire, avec cette météorite, ou quelle que soit la cause de ce nuage. Je ne vous laisserai pas vous éteindre.

Je regardai Jacques, on se concerta du bout des yeux : non, ce n'était pas le moment de dire à Papa que les diplodocus s'étaient éteints au moins cent millions d'années avant la météorite.

– Jacques va venir m'aider, continua-t-il. Vous, vous venez si vous voulez... Ensuite, on verra comment on s'organise.

ZeCrow applaudit, confirma bruyamment qu'on voulait venir.

– Bien entendu, approuvai-je aussi, en prenant la mine du type qui fait douloureusement son devoir.

L'idée d'aller se servir dans un grand magasin sans regarder les prix, de prendre tout ce qu'on voulait, ça nous plaisait carrément... Et aussi celle de faire une chose très illégale *avec* Papa.

8.

Sur la route, il nous donna encore des consignes. On attendrait dehors qu'il nous dise d'entrer. Avec des masques de Covid sur le visage à cause des caméras de la zone commerciale.

Il devait désactiver les alarmes, le système vidéo, après avoir ouvert les grilles.

Quand ce serait fait, on entrerait chacun avec quatre Caddies à la queue leu leu.

Et on ferait le plein pour un an.

ZeCrow serait en charge du sucré, moi du salé.

On devait ne prendre que des conserves, ou des produits secs, avec le plus de trucs dont la date de péremption allait au-delà de l'année en cours. Jusqu'en avril prochain. On devait sélectionner des victuailles suffisamment variées, pour ne pas retrouver le même aliment plus d'une fois par semaine. Sauf les chips, bien sûr.

Pour les cinq fruits et cinq légumes par jour, c'était foutu – mais il fallait prendre plein de légumes et de fruits en conserve. Des choses à cuisiner, parce que ça nous occuperait, et parce que les plats déjà préparés étaient pleins de gras, de sucre.

– Prenez même les légumes que vous aimez moins, s'il vous plaît.

– Et des sardines ? Et du pâté de lièvre ? demanda ZeCrow.

Oui, pourquoi pas.

Mais on ne devait rien prendre qui se garde au frais.

« Si ça se trouve, on sera privés d'électricité très vite », prévoyait Papa. Avec « le bordel ».

Il fallait embarquer tout le jus de citron ou d'agrumes qu'on pourrait, à cause du scorbut, « qui survient, expliqua doctement Djack, notamment chez les marins privés de légumes et de fruits frais ».

On savait.

On connaissait les pirates.

– Et de l'Ice Tea, on peut ? demanda ZeCrow. Et du Coca ?

Mon père conduisait tout en continuant de nous répartir les tâches : Jacques s'occuperait des trucs matériels, hors nourriture. Piles, papier, produits d'hygiène, ils avaient fait la liste.

– Et toi ?

– Je vais dans la partie bricolage, dans le magasin d'à côté, je me charge de tout le matériel dont on aura besoin.

– Et les croquettes pour Tigre ? demanda ZeCrow. Je m'en occupe ?

– Non, il se débrouillera, lui.

– Et comment on fera tenir tout ça dans la voiture ? je demandai.

– On va emprunter pour deux heures un des camions de location. C'est l'avantage d'avoir les clés de tout le magasin, même celles du local du personnel.

– Et s'ils se rendent compte quand même que tu es venu ? S'ils te renvoient ?

– Je ne suis pas sûr d'avoir très envie de jouer le gardien du rationnement, de toute façon. Et je ne suis pas sûr non plus d'avoir envie de vous laisser seuls toute la journée.

9.

Ensuite, tout se passa comme il nous l'avait dit. Et comme dans un rêve.

On s'arrêta à un kilomètre du magasin, et Papa masqua nos plaques d'immatriculation avec du Scotch. Pour les caméras. Puis on termina la route.

On attendit devant la grille sous laquelle il s'était glissé. Il désactiva toutes les sécurités et déclencha les portes automatiques, il remonta encore la grille pour qu'on puisse entrer avec nos chariots, et la redescendit derrière nous.

ZeCrow avait du mal à pousser ses Caddies, ou alors il trouvait ça marrant de zigzaguer. Papa lui demanda d'arrêter son cirque, et nous distribua des lanternes de camping qu'il venait « d'emprunter ».

J'avais pensé qu'il allumerait les néons mais ça aurait été trop repérable...

Il nous lâcha dans les rayons.

Et ce fut incroyable.

Tu prends de la paella en boîte parce que tu adores ça.

TRENTE paellas. QUARANTE ?

Couscous. Raviolis. Champignons à la grecque. Mayonnaise pour les chips.

Tu prends des boîtes de confits de canard. Des boîtes de gésiers. Des dizaines de boîtes de haricots et de petits pois, aussi, OK, et même du maïs. Des tomates pelées. Quelle abnégation. Cornichons. Pâté, pâté, pâté... Toutes les terrines qu'on n'a jamais goûté, sanglier, lapin, cerf, parce qu'elles étaient trop chères.

Tu es chasseur-cueilleur.

Le saucisson ne se conserve pas un an, mais un peu quand même...

Pain de mie en sachets.

Des sardines pour ZeCrow.

Quand tu le croises, la première fois, il est en train de compter les paquets de nougat qu'il lance dans son chariot. « Quarante-cinq, quarante-six, quarante-sept... »

Quand tu le recroises, il est en train de goûter les différents chocolats, pour comparer.

Tu t'arrêtes quand même au sucré, pour prendre de la confiture à la myrtille (ZeCrow va l'oublier) (il n'aime pas ça). Et des pêches au sirop. Tu prends du lait, et aussi du lait concentré sucré. Et pour les œufs, on fait comment ?

Tu changes de Caddie.

Celui-là a une roulette qui bloque.

Tu prends tes pâtes préférées, du bouillon de volaille, de légumes. Du bio. Tu prends de la sauce tomate « à l'arrabiata » – vu que ZeCrow n'aime pas les piments, ça en fera plus. Tu prends du ketchup. Tu prends des morilles séchées. Tu te demandes si vous aurez envie de sucettes, cet été. Caramel ou fruits rouges ?

À un moment, ZeCrow passe devant toi et demande en ricanant :

– Tu aimes la pâte à tartiner, 'Chu ?

Il y en a vingt pots géants dans son chariot.

Ton troisième Caddie glisse en silence sur le carrelage du magasin. Tu te sens silencieux, fluide et mystérieux, dans ce noir. Dangereux comme un grand prédateur marin.

Tu te hisses sur le chariot, la lanterne se balance, tu roules fluidement, c'est cool comme un skatepark de nuit mais sans les autres pour se moquer, tu chopes des trucs au passage. Sel, poivre, moutarde.

Pas sûr que ce soit la bonne méthode.

Et le fromage, comment faire pour le fromage ?

Tu glisses dans les allées plongées dans l'obscurité, seulement éclairées par les lumières vertes « Issue de secours ». Tu prélèves quelques mangas, et puis tu croises Jacques, au rayon hygiène, qui te dit :

– Va reposer ça, on n'est pas des voleurs.

Tu essaies d'argumenter qu'un an sans nouveau manga, ce sera long comme un jour sans paella.

Il ne cède pas.

Tu croises ZeCrow au rayon animalerie.

Il a oublié provisoirement les desserts et tente de planquer un sac de croquettes pour chat sous vingt sacs de graines et boules de graisse pour les oiseaux.

– Papa va te tuer.

– Si les oiseaux n'ont plus rien à becqueter dehors, on ne peut pas les...

Il a les larmes aux yeux, soudain.

Non, j'en conviens : on peut pas les laisser tomber. Pas les oiseaux.

Saumon en boîte ? Jamais goûté. Thon en boîte. Fruits secs. Pistaches. Cacahouètes. Pas seulement chasseur, pêcheur aussi. Et toujours cueilleur.

Les patates, on fait comment ? Tu prends cinq ou six filets, peut-être pourra-t-on les faire durer un peu, en les gardant à la cave – mieux que les légumes frais.

De la purée en flocons ? Tu dois retourner chercher du lait. Vérifier les dates sur les briques cartonnées.

Il y a des nouilles de riz. Il y a du vinaigre de riz.

Du vinaigre, d'ailleurs...

De l'huile ? Combien de bouteilles pour un an ? De la farine.

Maintenant, ça n'est plus trop magique, c'est méthodique, consciencieux, presque intimidant. Ne rien oublier, surtout. On est déjà nuls pour ça quand on fait les courses pour les repas d'anniversaire : chaque fois, on oublie un ingrédient essentiel ou les bougies, et on est obligés de perdre une heure pour retourner les chercher.

Alors, un an de provisions...

Ça devient fébrile.

Et ton père vous appelle à voix basse :

– Magnez-vous, terminez ! Je vais récupérer le fourgon !

Tu voudrais retrouver l'enthousiasme du premier Caddie.

Alors tu retournes à la paella.

10.

Papa avait garé le camion juste devant la porte. On chargea, méthodiquement : nous, on entassait tout dans les cartons, Jacques les lui passait, il les empilait dans le véhicule.

Sous mes yeux, un autocollant sur la porte ouverte du hayon arrière signalait : « Charge utile maximum : 1,6 tonne. » Combien ça faisait, en paella et poires au sirop, une tonne six ? Combien de pots de pâte à tartiner, de tubes de lait concentré ?

Et nous quatre, déjà, on pesait combien ?

Papa ne semblait pas s'en soucier.

Quand ce fut fini, il nous dit, à Jacques et moi, d'aller remettre les Caddies vides sur le parking.

Ensuite, on sauta dans la cabine. ZeCrow voyageait sur les genoux de Jacques. Je me moquai de lui.

On arriva chez nous vingt-cinq minutes plus tard. Le camion avait peiné à la fin, dans la montée.

Papa lui fit prendre l'allée herbeuse, vers la cave, en contrebas. Les essieux couinaient.

On sauta de la cabine pour l'alléger un peu. ZeCrow suggéra que je pesais une tonne quatre, une basse vengeance pour mes blagues à propos de son voyage sur Jacques.

Papa se gara devant la deuxième cave, la cave-pas-voûtée-mais-plus-grande. Elle était presque vide en cette saison : on y entasse en début d'hiver les granulés de bois avec lesquels on se chauffe. La chaudière avait brûlé presque toutes les réserves. Ne restaient que quelques sacs.

Papa nous demanda d'entasser tous nos cartons et nos cageots au centre, en laissant les murs libres. Il accrocherait des étagères au cours des jours suivants, on classerait nos vivres comme dans un cellier géant.

Quand on eut fini de vider le camion, il me laissa la consigne d'aller dormir, avec ZeCrow.

Il redescendait avec Jacques, dit-il, pour garer le camion à sa place. Et pour reprendre notre voiture.

Je ne sus pas pourquoi il avait besoin de Jacques, mais je ne posai pas de questions.

Sa voix n'avait jamais été aussi impérative et pressée, je crois.

J'étais fier de voir qu'il était encore un homme d'action. Qu'il le redevenait lorsque les circonstances l'exigeaient.

Il était agent secret, dans les services spéciaux, avant la mort de Maman – je vous en parlerai un de ces jours.

Ils repartirent.

Avec ZeCrow, on commença un peu à trier les provisions, à la lueur de nos frontales : le salé avec le salé, le sucré avec le sucré ; le « tout-préparé » d'un côté et le « pas-encore » d'un autre ; et par dates de péremption. Mais il faisait noir, et ZeCrow allait finir par sortir de leurs sachets dès cette nuit toutes les barres chocolatées. Alors je suggérai qu'on aille se reposer.

On aurait le temps, demain, vu qu'il n'y avait pas d'école.

Mon frère crut que je ne le voyais pas se bourrer les poches de Bounty et prendre une boîte de pâtée pour chat.

Dehors, la nuit n'était pas si étrange. C'était une heure normale pour qu'elle soit descendue sur le monde. Pas une étoile ne vibrait dans le ciel, et il faisait un peu frais, mais ça paraissait simplement une nuit voilée et sans lune d'avril.

On entendait la hulotte pousser ses cris de chasseuse nocturne. Un renard glapit.

Pourtant, le nuage était là, au-dessus de nos têtes, insoupçonnable.

ZeCrow proposa qu'on allume un feu, dans le barbecue, pour faire griller des Chamallows. Il bâilla, insista un peu d'une voix déjà traînante. Comme toujours, le sommeil lui tombait dessus sans prévenir.

Je consultai ma montre-boussole-altimètre heureusement rétro-éclairée : ça faisait une demi-heure que Papa et Djack étaient partis. Je me demandai si mon frère avait pensé à prendre des piles, pour elle... En attendant, je décrétai qu'on allait se coucher, et qu'ils n'allaient pas tarder à rentrer. ZeCrow acquiesça, il monta à l'étage. Sans se brosser les dents, mais ce n'était pas le moment de jouer au grand frère, alors je me tus.

Quand je le rejoignis trois minutes plus tard, il dormait déjà, allongé sur son lit, en chien de fusil.

Je regardai notre chambre sans lumière. Il avait ouvert une boîte de pâtée pour Tigre. Tigre est son chat errant. Mais pour un chat errant, il erre peu. Quand Papa s'énerve de le trouver n'importe où, et toujours dans la maison, ou de retrouver de la nourriture pour chat dans des endroits incongrus, ZeCrow explique que Tigre est un migrant, un réfugié politique. Qu'on lui doit l'asile.

Papa rigole et dit qu'il ne faut pas rigoler avec ça.

C'est contradictoire.

Tigre avait déjà tout lapé, nettoyé la boîte, et il dormait lui aussi, sans chien de fusil. C'est un félin, lourd et vif comme un puma dans le jardin, mais il a surtout l'air gras lorsqu'il dort sur un parquet.

Je récupérai la boîte vide, me dis que je ne pourrais pas m'endormir, que j'allais attendre mon frère aîné et mon père. C'est ce que ferait « le grand », dans ces circonstances.

Ils étaient partis depuis plus d'une heure.

Sur l'ordi de Papa, je regardai des trucs, à propos d'hommes d'action et de services secrets. Des bandes-annonces et des BD, surtout... Il faudrait que je me renseigne plus précisément sur son ancien métier.

Puis je jouai un peu à un jeu vidéo qu'on m'avait un peu interdit. De toute façon, je les entendrais rentrer, j'aurais le temps d'arrêter.

Je choisis comme avatar un type qui ressemblait un peu à Djack. Ou à Papa jeune, quand il était agent dans les services secrets.

Quand j'eus fini ma partie, je lus des mangas en ligne, dont l'un se déroulait précisément pendant une catastrophe nucléaire. Il y avait des animaux mutants. Je me demandai si une mutation de pieuvre pouvait la rendre énorme ET terrestre. (Réponse : pourquoi pas ?) Je me demandai si, dans ce cas, elle pouvait venir depuis la mer Méditerranée jusque chez nous, et en respirant comment. (Réponse : à déterminer.) (Demander à l'ordi ou à « Wikipédia » si les pieuvres ont des poumons.) Je me demandai si la Méditerranée était bien la mer la plus proche de chez nous. (Réponse, après vérification : oui.)

De temps en temps, je bâillais, et jetais un œil à l'horloge, dans le coin en haut à droite de l'écran.

Ça faisait trois heures. Trois heures trente.

À ce moment-là, je pressentais bien, déjà, qu'il était arrivé quelque chose. Mais je ne voulais pas encore me l'avouer.

11.

Djack revint finalement à l'heure où les cloches sonnent l'angélus, environ.

Sept heures du matin.

Quand je l'accueillis, il m'expliqua confusément qu'il était rentré à pied. Qu'il avait attendu, d'abord, deux heures, sur la route, puis qu'il avait couru la moitié du temps. Qu'ils auraient dû rebrousser chemin quand ils avaient vu les incendies, là-bas.

Que jamais il ne se pardonnerait de...

Je ne comprenais rien.

Je lui suggérai de raconter dans l'ordre.

Il se reprit, dit que lorsqu'ils étaient arrivés à la zone commerciale, ils avaient vu de loin des feux de palettes et de pneus, dans la nuit. Il y avait une foule sur le parking, devant le supermarché, et devant d'autres magasins. Une foule émeutière. Papa avait continué de rouler, plus doucement, et il parlait à voix basse, précipitée, pour avoir le temps de donner ses consignes.

« S'ils se rendent compte que c'est moi qui ai volé les provisions, ça va être la merde. Mais pour l'instant, il faut surtout que je me débarrasse de ce camion. »

Puis il s'était arrêté, tous phares éteints. Il avait dit à Jacques de descendre du camion et de rentrer à pied par la route.

« Tu ne te retournes pas, tu rentres chez nous, et tu t'occupes de tes frères, le temps qu'il faudra. »

« Je dois remettre le fourgon à sa place, et récupérer la voiture, sinon, on saura très vite que c'est nous qui avons commencé le pillage, cette nuit. Si je ne rentre pas tout de suite, vous ne redescendez surtout pas, vous ne vous pointez pas en ville, vous ne posez aucune question sur ce qui m'est arrivé. »

Ils étaient cent mètres au-dessus de la zone commerciale.

Il avait mis la radio, qui parlait d'émeutes à travers le pays, de paniques, de pillages, de gens qui voulaient stocker aussi vite que possible tout ce dont ils auraient besoin ; le gouvernement demandait d'attendre, le rationnement allait s'organiser ; le gouvernement menaçait, la police serait sans pitié avec les pillards, des ordres avaient été transmis aux préfets...

« Le chaos a commencé. Ça va durer, fils. Ça va durer des semaines. »

« Je vais essayer de reprendre la voiture sur le parking », répéta-t-il. « On en aura besoin... »

« J'ai fait ça pour vous mettre à l'abri, pour l'instant. Surtout, vous vous planquez là-haut, et vous ne vous faites pas remarquer. Pas avant que le calme revienne... »

« Il ne faut pas que les flics ou, pire, des pillards, viennent fouiner à la ferme. »

– Au début, j'ai suivi ses consignes, expliqua Djack. Et puis ensuite, je me suis arrêté deux heures, parce que je ne voyais ni la voiture ni le camion revenir.

Quinze kilomètres de route.

Une route qu'on met un peu de temps à parcourir en lacets, et qui monte, mais qui ne demande pas cinq heures de marche, bien sûr...

Je me doutais qu'il avait attendu plusieurs fois, et bien plus qu'il ne le disait. J'aurais fait pareil.

Si Papa avait réussi à quitter ce parking, même à pied, il aurait eu largement le temps de rejoindre mon frère. On le savait, Djack et moi.

Alors pourquoi répétait-il : « Il ne va pas tarder » ?

Et pourquoi moi, je hochais la tête ?

Il était épuisé par sa nuit.

On regarda le paysage à l'est, dans l'obscurité.

Les cloches avaient sonné. Le soleil ne se lèverait pas ; ou plutôt, il s'était levé depuis une heure ou deux, derrière son voile. Le jour ne viendrait pas, alors que les collines l'attendaient, l'appelaient, à l'est. Elles étaient presque indiscernables, à peine une ligne noire et courbe sut le plat noir de la nuit.

L'obscurité nébuleuse était encore plus profonde que la veille.

Djack dit :

– Mais putain...

Ce qui était un excellent résumé.

– Je vais dormir deux ou trois heures, ajouta-t-il, après une pause. Attends-moi pour raconter tout ça à Paulo.

Il n'avait pas dit « ZeCrow ».

Je fis signe que j'approuvais, et j'attendis tout de même Papa dans un fauteuil du salon, dans la presque pénombre.

J'avais allumé une petite lampe dont l'abat-jour couleur crème distribuait une lumière douce.

Ce fut en lisant ce manga sur la catastrophe nucléaire et les mutations génétiques que je m'endormis.

Quand je me réveillai trois heures plus tard, Papa n'était toujours pas rentré. Et personne n'avait éteint la veilleuse.

12.

C'était le matin, même si ce n'était pas le jour. C'était un lundi sans école, mais « École directe » disait qu'on aurait des cours quand même.

C'était une journée en famille, mais sans Papa.

Bref, un de ces jours inconfortables où on ne savait pas sur quel pied danser. Et où on n'avait d'ailleurs aucune envie de le faire.

Mais on s'était habitués depuis longtemps, en fait, à ce genre de truc inconfortable.

Il y avait eu le confinement. Il y avait eu, avant, et depuis des années, les questions des gens qui te demandent : « Où est ta maman ? », ou bien : « Tu as demandé à ta mère ? », sans savoir. Il y avait toutes ces années à s'en vouloir, chaque fois, après, d'avoir désobéi à Papa, alors qu'il faisait tant pour nous ; mais à désobéir quand même...

On s'organisa autour de son attente.

Il allait revenir. J'étais confiant, un véritable homme d'action se sort toujours de tous les ennuis.

Moi, je suivis les trois cours que mes profs avaient prévus sur Zoom, pendant que Djack jonglait entre les siens et les leçons de ZeCrow. Notre petit frère fit sa lecture, son écriture, ses dessins. On veillait à ce que tout ait l'air banal.

Chaque fois qu'on avait fini quelque chose, Djack ou moi, on sortait sur le seuil, et puisqu'on ne voyait rien dans cette obscurité, on tendait l'oreille. On guettait les bruits, un indice du retour de Papa.

Il n'y en avait pas, à part le vent.

Aucun oiseau, non plus. Pas même un bruit de réacteurs, très haut dans le ciel, alors qu'en temps normal, les avions passent en altitude régulièrement au cours de la journée.

Plusieurs fois, je vérifiai le combiné du téléphone pour être sûr qu'on avait encore une tonalité.

Vers midi, à l'heure de la pause-déjeuner habituelle au Super U, je tentai d'appeler sur le portable de mon père, mais tombai sur sa messagerie.

Je ne laissai pas de mot. Il avait dit à Djack qu'on devait ne rien dire, disparaître.

C'était peut-être une ânerie, d'avoir appelé...

En même temps, si ce qu'on entendait aux infos était vrai, la police avait sûrement d'autres chats à fouetter que d'enquêter sur le premier pillage du Super U de LaFayette. Les infos racontaient qu'il y avait eu la nuit précédente des milliers d'attaques de magasins dans une vingtaine de grosses villes. Des cars de police et de CRS étaient maintenant positionnés devant les épiceries et les supérettes. Et aussi devant des bâtiments publics.

Il y avait eu des morts, des blessés, des centaines d'interpellations.

L'armée allait être déployée.

Des morts...

Bien entendu, la zone du Super U se situait près d'une ville bien trop négligeable pour qu'on l'évoque aux nouvelles radiodiffusées. On ne disait pas s'il y avait des morts, des blessés, des interpellations, à LaFayette.

Et on n'avait toujours pas d'explications claires concernant le nuage. Combien de temps ça pouvait durer ? Quelles en seraient les conséquences ? Des scientifiques expliquaient que ce n'était rien ; des scientifiques expliquaient que c'était la fin du monde.

Pour déjeuner, Djack piocha dans le frigo et dans le cellier, des légumes, des fruits, des produits laitiers. Sa quiche n'était pas terrible. Je ne commentai pas le fait qu'on avait à la cave une réserve de paella pour un an. Quand ZeCrow demanda si on pouvait aller y chercher un gâteau aux pruneaux, notre frère aîné répondit :

– Non, on mange d'abord nos provisions normales. Papa avait fait le plein de la semaine. On verra ensuite pour...

Il ne termina pas sa phrase.

Il avait parlé de Papa à l'imparfait. Enfin, au plus qu'imparfait, un truc comme ça.

ZeCrow demanda à quelle heure notre père rentrait.

On répondit qu'on allait bien voir.

Les cours de mes frères reprirent.

Moi, je prétendis que je n'en avais pas, cet après-midi.

Pendant que je faisais la vaisselle, j'entendis un moteur et me ruai dehors, mais c'était la voiture de Grivel, le « voisin-nazi » – je vis ses phares jaunes puis ses phares arrière, rouges, il avait emprunté la route qui passe au-dessus de nos deux maisons, la seule route qui reliait sa maison et la nôtre au reste du monde plongé dans les ténèbres.

Papa se cachait, quelque part dans ces ténèbres.

Vers 16 heures, ZeCrow demanda si on pouvait aller jouer dehors, un peu. Je regardai Djack et il hocha la tête. Je lus dans ses yeux : « Normal, tout est normal, on fait tout pour que les questions arrivent plus tard... » Je laissai en plan mes devoirs d'anglais (*great ! magnificent !*), on enfila nos blousons, nos godasses de montagne, on partit courir avec nos lampes torches dans les collines, à la recherche des oiseaux, pour savoir comment ils affrontaient cette nuit sans fin.

13.

Et puis, le soir, on commença à vivre sans Papa.

ZeCrow, toute la journée, avait posé des questions : « Il revient quand ? », « Il est où ? », « Il est au travail ? Vous croyez qu'ils se sont rendu compte qu'on les avait volés ? ». Et on avait éludé, même moi, parce que Jack m'avait dit : « On ne lui dit pas tout de suite la vérité. Mais en revanche, sur ce point, tu ne lui mens jamais. Jamais. »

Et là, il était 20 h 30, et on ne pouvait plus faire semblant.

Djack nous apporta le dîner.

– Paulo, faut qu'on t'explique la situation, dit-il.

Il résuma ce qui s'était passé la nuit précédente, en omettant un ou deux détails. Puis il conclut :

– Du coup, on ne sait pas ce qui s'est passé. On ne sait pas où est Papa. On ne sait pas quand il reviendra. *Ni s'il reviendra...*

Je pris cette phrase comme un coup de poing à l'estomac.

Selon moi, ça aurait dû rester une hypothèse informulée.

– … La seule chose qu'on sait, c'est qu'il a choisi d'aller se mettre dans ce bazar pour que personne ne puisse soupçonner notre situation et nos réserves. Donc ce serait stupide de nous faire remarquer. Du coup, on continue de vivre ici comme si de rien, mais on ne sort pas du Royaume, pour l'instant. Aussi longtemps que c'est possible. On l'attend, ensemble, tous les trois. Et tu ne dis rien à personne, même en visio. Ça te va ?

ZeCrow avait les yeux embués de larmes.

Il approuva de la tête, bravement.

– 'Chu écoutera les nouvelles tous les jours, ajouta Djack. Et il nous fera un résumé. Comme ça, on apprendra peut-être ce qui s'est passé, et on saura à quel moment on peut prendre le risque d'aller voir.

– OK, fit ZeCrow. Mais s'il ne faut pas qu'on se fasse remarquer, il vaudrait peut-être mieux que je ne participe plus à mes cours. Pour que tout le monde pense que nous sommes partis d'ici.

Je le regardai avec une admiration sans bornes. Ce type venait d'apprendre que Papa avait disparu, et il avait la présence d'esprit d'en profiter pour essayer d'esquiver l'école.

Un génie...

– Non, fit Djack. On vit normalement. Et on ne donne aucune raison aux gens de venir voir ce qui se passe ici...

14.

On termina le dîner, on débarrassa. Djack nous dit que ce soir, il allait ranger la cuisine. Qu'on monte se coucher, vu la nuit qu'on avait passée – et avec des mangas si on voulait.

– Mais vous faites pas les singes, s'il vous plaît. Et dès demain, on partage les corvées.

Il avait dit ça d'une voix moins autoritaire que d'habitude – plutôt comme une requête.

On alla donc se mettre au lit.

En dépit de la gravité de la situation, on ne put s'empêcher de se jeter un ou deux oreillers.

Nos lits se faisaient face. Il y aurait peut-être eu la place d'aménager une chambre supplémentaire, dans cette maison, mais on ne l'avait jamais vraiment désiré. Et ce soir, j'étais content que ZeCrow ne soit pas seul. J'étais content de ne pas l'être, moi non plus.

Je plaignais Djack, qu'on entendait s'affairer dans la cuisine. Il devrait affronter seul toutes les pensées qui tournaient, aussi, dans ma tête...

Il monta, pointa le nez dans notre chambre, demanda :

– Ça va ?

Après nous avoir conseillé de dormir vite, il nous souhaita bonne nuit. Pour une fois, sa solidité tranquille m'impressionna sans m'agacer. Quand il eut fait les quelques pas qui le séparaient de sa chambre, je dis à ZeCrow :

– Allez, on éteint !

Puis je joignis le geste à la parole.

Il protesta, se mit à tourner et se retourner dans son lit. Mon frère.

Dans le noir parfait de notre chambre, sa petite voix des instants de doute s'éleva :

– Tu crois qu'il est mort, Papa ?

Je perçus au son de sa voix qu'il avait les larmes aux yeux, comme tout à l'heure, et que, cette fois, ses lèvres tremblaient.

– Non, je peux pas y croire, fis-je, sans mentir. Mais on n'en sait rien.

Il se retourna encore un peu. Finalement, sa respiration devint régulière, profonde.

Rien, jamais, ne pouvait l'empêcher de s'endormir.

Le plafond était aussi sombre que l'encadrement de la fenêtre, et la nuit. J'écoutais ZeCrow. J'avais les yeux écarquillés dans le noir.

Et je réalisai brutalement pourquoi Jacques avait l'air si vieux que ça.

Il avait mon âge quand Maman était morte. À cette époque, moi, j'avais l'âge de Paulo...

Je me souvenais d'une incompréhension, d'une incrédulité, mais pas de jours sombres ni d'un chagrin poisseux. Je compris qu'il avait dû devenir grand et raisonnable parce que la disparition d'une maman, l'idée même de sa mort, c'est une chose qui demande beaucoup, beaucoup de douceur et de force à ceux qui entourent un enfant. Pour l'épargner, lui rendre la vie supportable, tout simplement.

Avec Papa, j'imagine qu'ils s'étaient mis d'accord : il fallait que la vie continue, avec ses jolis moments, ses fous rires, ses repas à heures fixes, ses routines – pour nous.

Je songeai que Papa était sûrement mort.

Et moi, je ne pouvais plus rester 'Chu. J'allais devoir devenir Léo, Léo Fourchade. Un type de douze ans, qui me ressemblerait pas mal, mais avec la tête sur les épaules, les pieds sur terre. Pour mon petit frère. Jusqu'à ce que Papa revienne, peut-être, ou pour toujours.

15.

Le lendemain matin, j'entendis Djack en bas. Il fourrageait dans le poêle à bois (avec cette absence de soleil, ça se rafraîchissait). J'allumai ma lampe de chevet : ZeCrow dormait encore. Il avait un peu de sel sur les joues, sans doute avait-il pleuré dans son sommeil.

Toujours ce ciel noir, à la fenêtre.

Je me levai furtivement et descendis alors que d'ordinaire, j'attends toujours que ZeCrow soit prêt.

Djack buvait un café au lait. Il me sourit timidement, vaillamment aussi, comme s'il devinait ce à quoi j'avais pensé cette nuit. Avait-il compris qu'on enterrait définitivement le tomahawk ? Que j'avais pris conscience de la reconnaissance que je lui devais, pour ces années d'insouciance ?

– Tu veux du lard et des œufs ? demanda-t-il.

On mangea l'un en face de l'autre.

– S'il est arrivé malheur à Papa, ou s'il a été arrêté, je trouve ça bizarre que personne ne soit venu voir chez nous hier, dit-il. Pour nous avertir ou savoir ce qu'on devient. On est quand même mineurs, tous les trois.

« Oui » de la tête.

Moi aussi, je me posais cette question.

– Peut-être qu'il n'y a plus personne, fis-je. Peut-être qu'ils se sont tous entretués, que les pillards ont lâché des meutes de chiens-robots, que la ville entière a brûlé ou que le nuage est devenu toxique, en bas...

C'étaient les explications les plus logiques auxquelles j'étais arrivé.

Il secoua la tête, mais sans faire de commentaire désobligeant, sans me dire d'éventuellement aller me faire soigner.

– Du coup, j'ai repensé à ce qu'a dit Paulo, enchaîna-t-il. Il a peut-être raison, pour les cours. Si personne ne pense à nous, peut-être qu'il vaudrait mieux carrément disparaître.

– Je sais pas ce qui attirerait plus l'attention... Qu'on soit là comme d'hab', ou qu'on ait disparu.

– Moi non plus.

– On n'a qu'à décider qu'on disparaît, dis-je.

– Tu crois que c'est ce qu'on ferait si Papa était là ?

– Si Papa était là, la question ne se poserait pas. On ne peut pas décider comment réagir à la disparition de Papa en se demandant ce que Papa ferait. C'est... C'est trop absurde.

Il approuva, de nouveau.

Je sentais qu'il me considérait à égalité avec lui. Pour la première fois de nos vies.

C'était un sentiment agréable, mais bizarre et vaguement effrayant.

– Ouais, tu as raison, conclut-il. On décidera tous les deux. Et si on n'est pas d'accord, on demandera à Paulo de trancher.

– ZeCrow, répondis-je.

– Quoi ?

– Paulo... On continue de l'appeler ZeCrow... On n'est pas ses pères.

– OK, approuva-t-il. Tu as encore raison.

16.

On décida de s'abstenir, pour les cours. Parce que si tous les deux on ne tombait pas d'accord à ce sujet, ZeCrow nous départagerait et voterait pour la grève.

Ça, on le savait – même pas la peine de le consulter.

On continua dès lors la semaine plus librement. Djack avait décidé de nous instruire lui-même, et ses cours étaient même parfois intéressants. Il nous expliquait comment marchaient les trucs. Comment nettoyer la source et rendre l'eau potable. Comment se servir des outils de base, pour fabriquer les étagères que Papa avait prévues et tout ranger, tout classer, dans la cave. Comment démonter l'ampoule extérieure pour y brancher un réseau de guirlandes lumineuses de Noël, qui marchaient normalement à piles dans le sapin – et ainsi éclairer avec un simple interrupteur notre terrasse, et environ cinquante mètres carrés de jardin en dessous de la maison.

Pour faire pondre les poules malgré la nuit, Djack n'avait pas encore d'idée.

Deux fois par jour, j'écoutais les informations, et je leur faisais un résumé.

Entre deux, mon frère aîné m'ouvrait des pages Wikipédia, que je devais lire et essayer de comprendre, pour m'instruire.

Et ensuite, j'avais l'autorisation de dériver.

Je dérivai.

Les hivers artificiels provoquent des dérives génétiques. Clic. Quand il ne reste qu'une petite population après une catastrophe, les chances que ces populations végétales ou animales mutent, se transforment rapidement, au gré des spécificités des survivants, sont ultra-importantes. Clic.

Donc si la nuit durait, que tout s'effondrait, je suppose qu'on allait voir apparaître de nouvelles espèces autour de chez nous.

Des chimères. Clic.

Des mutants. Clic.

Des monstres. Clic.

Aux repas, je leur fis part de mes hypothèses.

Je voyais bien dans les yeux de Djack qu'il n'y croyait pas.

J'entendais bien aux questions de ZeCrow qu'il y croyait à mort.

Je ne savais pas si c'était souhaitable, ou pas.

Ils ne parlaient toujours pas à la radio de ce qui s'était passé à LaFayette, devant le Super U. Ni de ce qui s'y passait maintenant.

Ils parlaient de Lyon, Paris, Berlin, Milan, mais pas de LaFayette. Ils évoquaient ce qui se produisait à Saint-Étienne, Valence, sur internet, mais pas à LaFayette. Et le site du journal départemental reprenait juste les informations nationales. Peut-être qu'aucun journaliste n'osait s'aventurer hors des centres des villes importantes…

Notre père avait eu raison.

À Lyon, Saint-Étienne ou Valence, avec la police plus l'armée, c'était le chaos… Ailleurs, le règne du chacun pour soi. Des attaques à la voiture-bélier avaient visé les magasins d'alimentation. Des « casseurs » avaient pillé les pharmacies, les drogueries, les magasins de bricolage. Tout le monde voulait devenir survivaliste, et être prêt pour la prochaine étape. Mais c'était un peu tard pour se préparer.

On ne devient pas survivaliste quand on n'envisage pas la vie sans PQ.

La radio rapportait aussi des manifestations pacifiques mais tendues, au flambeau, pour exiger qu'on dise la vérité sur ce nuage. Forcément, on nous cachait des choses. Tout le monde refusait de croire qu'on pouvait réellement *ne pas savoir*.

Il y avait des émeutes. De plus en plus de coupures de courant.

Je me demandais ce qui pouvait advenir dans des villages plus petits, et sans police...

Papa aurait prétendu qu'ici, ça se passait sûrement mieux. Qu'on fait moins de choses terribles quand on connaît le voisin, et aussi le gendarme, par son prénom.

Peut-être avait-il raison, mais on n'avait aucun moyen de le vérifier sans sortir du Royaume.

Peut-être aussi avait-il tort ; d'ailleurs, son absence pouvait l'indiquer. Si tout s'était bien passé, la première nuit, il serait rentré, non ?

Djack avait évoqué la possibilité d'une *arrestation* de Papa, et je m'accrochais à cette idée. Ça expliquait qu'il ne revienne pas – même si je détestais m'imaginer mon père enfermé dans une cellule, ou menotté entre deux gendarmes.

Est-ce que son passé d'homme d'action, d'agent secret, ne pouvait pas lui servir ?

Une fois, ZeCrow émit une hypothèse vertigineuse.

– Et s'il avait *décidé* de ne pas rentrer, de s'en aller ?

On n'épilogua pas. Lui non plus. On n'en savait rien. Rien de rien.

Et puis à la fin de cette première semaine, ça se gâta sérieusement chez nous. Tout bascula, en fait.

17.

C'était samedi, en fin de matinée. L'obscurité continuait de régner sur le monde.

J'étais chargé de préparer un ragoût, avec de la viande congelée et des patates, parce qu'on avait fini les provisions fraîches. Enfin. Dieu merci. Bientôt, on aurait aussi vidé le congélateur, et ce serait l'ère bénie de la paella...

Je venais de tourner mon ragoût, presque prêt, sur la plaque à induction quand, soudain, ce fut la nuit complète.

Dedans comme dehors.

L'électricité s'arrêta d'un coup, comme ça.

On se retrouva dans un noir profond, d'autant plus épais qu'il était inattendu. Djack se leva, si brutalement que son tabouret tomba derrière lui.

– Il y a des bougies dans le tiroir, dit-il.

Il les rapporta, ajouta :

– 'Chu, allume un feu dans la cuisinière à bois, histoire qu'on fasse le dîner... Je monte voir si c'est le compteur. Mais je pense pas...

Le compteur était dans le grenier.

Il sortit, on l'entendit tâtonner pour trouver l'escalier.

J'ouvris la cuisinière, fis une petite flambée d'écorces, vite fait, j'ajoutai deux bûches. Ça produisit une lueur douce, orange. Puis je posai la grosse poêle sur la plaque en fonte. Le ragoût sentait déjà merveilleusement bon, et il allait continuer de cuire.

Dans mon dos, ZeCrow allumait les bougies de l'une à l'autre sur le plan de travail, avant de les souffler, de regarder la cire couler et se figer sur le granit, de recommencer.

Je lui dis d'arrêter de faire le con.

– Je vais chercher nos lampes dans les chambres. Remue le ragoût si je redescends pas tout de suite. Touche pas aux bougies.

Je croisai Djack dans l'escalier, il revenait du grenier et me confirma que c'était une coupure générale.

– Je sais pas si c'est juste le hameau...

– ... ou le monde entier, complétai-je.

J'avais vu ça dans des films catastrophe.

L'ensemble de la surface de la planète qui s'éteint d'un coup.

Toutes les lumières, celles des villes, des routes, qui clignotent et disparaissent. Une planète noire.

J'avais ma bougie à la main.

Je fouillai dans la chambre de Djack, puis dans la nôtre, je pris les frontales, les torches.

Et c'est à ce moment que j'entendis.

Trois coups violents à la porte vitrée de la cuisine. Puis une voix grave que je reconnus.

Pour aller à la fenêtre, je me fis aussi silencieux qu'un chat, et ça n'est pas facile sur le parquet de notre chambre. Il craque.

Coup d'œil dehors dans l'obscurité.

Je ne distinguai pas grand-chose : une lanterne posée sur l'escalier de pierre qui mène à la cuisine, et appuyé contre le mur, un...

Un fusil.

Et j'entendis de nouveau la voix, dans les pièces du dessous (la maison est vraiment sonore).

Et l'idée que Djack allait avoir besoin d'aide s'imposa. Je redescendis les marches quatre à quatre. On avait la visite de René Grivel, le voisin-nazi.

18.

René Grivel n'est pas vraiment nazi.

Enfin, je suppose.

Mais c'est vraiment notre voisin.

Notre seul voisin.

On habite deux maisons de pierre presque contiguës, séparées par seulement deux cents mètres à peu près, et qui constituent les deux seules demeures occupées de ce hameau – entourées par des hectares de terres cultivées surtout par lui, et de forêts hantées surtout par nous ; et de fermes en ruine, désertes.

Il a un drôle de visage très rouge, grêlé ; des joues où des veines éclatent parfois ; et deux petits yeux méchants.

Je sais qu'ils se sont beaucoup engueulés, avec Papa et Maman, quand mes parents se sont installés ici – pour des histoires de terres et de source qu'ils ont achetées alors que Grivel les considérait comme son domaine. Il cultivait nos terrasses, avant, comme tout le reste, avec son tracteur hors d'âge, ses engrais hors d'âge, ses pesticides, ses bâches plastique qu'il mettait partout, ses feux de broussailles, ses patates.

Grivel est un fou de la patate.

Pas forcément un voisin-nazi, mais on l'appelle comme ça.

Et je suis presque sûr que dans sa cave, il cache des instruments de torture.

Je suis certain qu'il dispose, scellés dans le mur, de plusieurs anneaux où il a enchaîné successivement tous les membres de sa famille, ses voisins précédents et les trois amis qu'il a dû se faire, au bar, au cours de sa vie. Ça explique que, désormais, il soit parfaitement seul.

On le voit passer dans son 4 × 4 à la saison de la chasse, avec son chien, nazi lui aussi : il s'appelle Rex, ou Médor, ou Jean-Pierre, mais on l'appelle Hitler. Hitler est une sorte de malinois noir et fauve trop maigre, avec dans ses yeux jaunes un regard fou, et dans l'échine quelque chose de soumis mais sournois.

Tu sens que ce chien baisse la tête jusqu'au jour où il pourra égorger quelqu'un.

Si j'étais lui, je commencerais par mon maître... Grivel lui donne des coups de pied dans les côtes quand il n'obéit pas. Dans ces cas-là, Hitler glapit. On l'entend gueuler, aussi, pendant les deux mois qui précèdent l'ouverture de la chasse, parce que Grivel le garde enfermé dans une cage trop petite. Je suppose qu'il l'affame...

Hitler est aussi bête et méchant que son maître.

Nous, avec ZeCrow, on a dressé Tigre pour qu'il lui crève les yeux s'ils se croisent.

Mais en fait, ce n'est pas la faute de Hitler. C'est peut-être celle de René Grivel. Peut-être est-ce même la faute des parents de René Grivel, qui l'enfermaient certainement deux mois dans une cage, quand il était enfant, avant l'ouverture de la chasse. Ça expliquerait bien des choses.

Alors peut-être que ce n'est pas un voisin-nazi. Peut-être est-ce juste un ancien enfant battu.

Peut-être.

Mais ça fait bien rire le fantôme de Maman, ce surnom.

Pendant des années, mes parents l'ont évité, m'a-t-elle dit.

Au début, une fois, ils ont retrouvé une chouette clouée sur notre porte.

Grivel jetait aussi dans notre jardin des cadavres de chats, a-t-elle ajouté. (Des fois, je pense qu'elle baratine, elle aussi.) (Mais je l'ai quand même rapporté à mes frères...)

Et puis petit à petit, le minuscule cerveau imbibé de vin rouge de René Grivel a dû s'habituer à l'idée que d'autres personnes vivaient ici. Sans doute a-t-il constaté que ces *étrangers* étaient travailleurs, comme lui, courageux, qu'ils ne lui volaient rien, souffraient comme lui de la sécheresse, des récoltes gâchées.

C'est ce qu'espérait Papa.

Deux fois, notre père est allé lui filer un coup de main pour réparer des murs de pierre, quand ses terrasses s'effondraient. Une autre fois, c'est lui, René Grivel, qui est venu, avec son treuil, parce que notre voiture avait glissé dans un fossé.

Ce n'était pas chaleureux, mais enfin, ça s'arrangeait. Nous, les frères, quand il nous voyait, il regardait ailleurs, en revanche, comme si on était des mauvaises graines de mauvaises herbes.

Et là, il venait de cogner à la porte de notre cuisine.

19.

Quand je déboulai dans la pièce, il dit, d'un ton faussement enjoué :

– Tiens, voilà...

Et puis il s'interrompit, parce qu'il ne connaissait pas mon prénom.

– Monsieur Grivel venait voir si nous avions de la lumière, ou si nous avions perdu l'électricité, nous aussi, m'annonça Djack.

En guise de réponse, je déposai nos lampes torches sur le plan de travail éclairé par les bougies.

Sauf une, que j'allumai pour la braquer sur sa poitrine large comme une barrique.

Il y avait une sorte de terreur dans les yeux de ZeCrow.

À cause de l'histoire de la chouette clouée, je pense.

– Papa ne va pas tarder à rentrer du magasin, ajouta Djack en feignant de regarder une montre à son poignet. Il viendra voir s'il peut… vous aider.

– Il n'y a plus de magasin, rétorqua Grivel. Et j'ai entendu dire que votre père avait été arrêté.

On se tut.

On le regarda.

– Il était avec ces pillards, dès la première nuit, à ce qu'on dit. Des étrangers…

Il se retourna pour cracher, à travers la porte entrouverte, dehors.

Papa n'était pas mort, disait-il.

Mais Papa était en prison ? Qu'en savait-il ? Comment ?

– Il avait un groupe électrogène, ici, ajouta-t-il. Je vais en avoir besoin. Pour chez moi.

L'odeur de ragoût commençait à virer au brûlé.

Je me déplaçai vers la cuisinière pour sauver le dîner, et faire savoir au nazi qu'on n'avait pas peur.

Il sentait assez mauvais, un mélange d'alcool, de terre, de fumier, de sueur, comme toujours.

– On ne l'a plus, dit Djack. Quand Papa a évacué les cuves de fuel pour se chauffer au bois, on s'en est débarrassés.

– Je peux vérifier ? Jeter un œil dans la cave et la remise ?

– Non.

Djack n'avait pas cillé, sa voix n'avait pas tremblé.

– Vous attendrez le retour de Papa. Il vous le confirmera.

– Pas sûr que j'aurai la patience...

– Il faudra, pourtant.

– Dans ce cas...

Grivel fit deux pas en arrière.

Il prit le fusil qu'il avait posé contre le mur, sur le seuil.

Son visage était contracté par la bêtise et la colère. Dents serrées.

– Dans ce cas, j'espère pour vous que je ne verrai pas une lumière électrique allumée, dans les jours qui viennent...

– Vous pouvez en être sûr. Sauf la guirlande sur la terrasse. Elle marche avec des piles.

20.

Les deux jours suivants, pendant qu'on apprenait à vivre dans le noir complet, avec ZeCrow, Djack passa son temps à cuisiner sur le réchaud à bois. Vu que l'électricité ne revenait pas, il fallait essayer de sauver tout ce qui restait dans le congélo, pour ne rien perdre.

On l'aida à mettre le plus de trucs possible en conserve, viande, légumes et fruits crus.

Après les avoir cuits, on les stérilisait dans des bocaux vides, parfois dans du sirop, en utilisant le trépied à gaz qu'on installa sur la terrasse.

Djack avait redémonté la guirlande de Noël, pour qu'elle fonctionne de nouveau sur piles.

Deux fois, pendant que je surveillais la cuisson dehors, j'eus le sentiment d'être espionné. Et la deuxième fois, il me sembla entendre un halètement. Et Tigre, qui me regardait faire pour s'assurer qu'on lui préparait aussi des conserves, se hérissa tout d'un coup.

C'étaient Grivel et Hitler, sûrement.

Au bout d'un moment, il n'y eut plus de gaz.

On continua de stériliser les bocaux sur la cuisinière à bois, tant qu'on eut des caoutchoucs orange, et puis après tant qu'on eut des bocaux. On devrait manger ça avant le reste des conserves.

La perspective de la paella s'éloignait.

Pendant ces jours-là, je surpris Djack qui guettait par la fenêtre du bureau, en essayant de fouiller cette obscurité pour voir si Grivel ne s'approchait pas de la cave.

Quand toute la nourriture fut prête, on bricola encore des lustres dans nos deux pièces communes, pour pouvoir s'éclairer avec des lampes à piles ou des bougies en guise de plafonnier. Après ça, la vie dans la maison redevint possible sans trop se cogner dans les meubles. On en bougea deux ou trois, pour élargir l'espace vital dans le salon et la cuisine, on les mit dans le bureau de Papa et sa chambre.

L'autre conséquence de la coupure du courant, c'est qu'on devait se doucher à l'eau froide. (Enfin, surtout Djack.) Mon frère aîné était sans arrêt sur la brèche. Il avait tout à fait cessé de nous donner des cours. Et il ne voulait pas que nous nous éloignions dehors, au-delà de la terrasse de cinquante mètres carrés éclairée par la guirlande à piles.

Pour l'heure, on obéissait à la consigne.

Je soupçonne que sa suractivité lui servait surtout à oublier l'inquiétude suscitée par un éventuel retour du voisin-nazi.

On n'avait pas reparlé de la révélation, ou du mensonge, de Grivel.

Papa était-il en prison ?

Au fond, qu'est-ce que ça changeait ? C'était une hypothèse qu'on avait déjà envisagée, et de toute façon, je n'avais jamais vraiment cru que Papa puisse être mort. Et quand ZeCrow me posa la question, j'éludai : « Tu crois les gros débiles nazis, maintenant ? »

Djack finit par me prendre à part.

– 'Chu, Grivel va finir par revenir. Et par s'intéresser à la cave. Tu comprends ce que ça veut dire ?

« Oui », fis-je de la tête, gravement.

Je ne voyais pas ce qu'on pouvait faire pour l'en empêcher. C'est lui qui avait le fusil.

– Écoute, je voudrais au moins éviter qu'il nous cambriole sans qu'on s'en rende compte. Je pense qu'il faut qu'on barricade la cave.

Ça t'ennuie de t'occuper de ZeCrow, pendant que je fais ça ?

« Non », répondis-je de la tête.

J'admets, je n'étais pas très bavard, mais c'était parce qu'il me refilait son stress et sa paranoïa.

– Mais si on continue de ne pas pouvoir se balader, il va devenir dingue.

– OK, répondit-il. Dans ce cas, vous ne vous quittez pas. Et vous allez vers le ruisseau, ou à l'est.

Je compris son sous-entendu.

La maison du nazi était à l'ouest.

21.

Bien entendu, on ne suivit pas du tout ses consignes. Après s'être assurés que le vent soufflait du sud et ne risquait pas de porter notre odeur vers Hitler, on alla dès la première balade jeter un coup d'œil du côté de chez le nazi.

On entendait les coups de marteau de Djack, dans notre dos, devant notre cave.

On regarda de loin, on avait pris des jumelles. Presque toute la maison de Grivel, plus longue et moins haute que la nôtre, était noire, sur fond de nuit. Deux fenêtres découpaient tout de même deux carrés jaunes. Et il y avait un assez grand feu, dehors.

Mais on ne voyait ni le vieux ni le chien.

On guetta un certain temps.

Le feu n'était plus que braises.

– On dirait qu'il n'est pas là, dit mon frère.

Est-ce que le nazi était en train de faire des conserves, lui aussi, quelque part ? Est-ce qu'il avait pensé à vider son congélateur, ou bien est-ce qu'il se nourrissait de viande avariée ?

Ou de sang, exclusivement ?

J'allais suggérer l'hypothèse, mais il y eut un croassement – comme une réponse à la remarque de ZeCrow.

Je sursautai, et il dit :

– Tu es sûre ?

Il avait levé les yeux vers le ciel.

Ce n'était pas à moi qu'il parlait.

Nouveau croassement. Cette fois, il hocha la tête, je le devinai dans l'obscurité, puis il s'adressa à moi :

– La corneille m'a certifié qu'il n'était pas chez lui.

– Ugh, dis-je.

– On va voir ?

– Non, il nous tuerait, s'il revient. Et Djack nous tuerait, s'il l'apprend.

À ce moment, un grondement nous parvint, croissant, dans notre dos, et je sursautai de nouveau.

C'était celui d'un moteur à essence qui approchait.

– Chhhuuut, silence...

Le pick-up de Grivel revenait sur la petite route qui mène successivement à nos deux maisons. On resta plaqués au sol. La lumière de ses phares me parut plus violente encore que d'habitude.

Il se gara devant chez lui.

Hitler sauta du plateau arrière.

René Grivel ne nous avait pas repérés. Il se mit à décharger des choses dont je ne pouvais deviner le contenu, ça ressemblait à des malles ou des cantines métalliques. Pleines de quoi ?

Je me demandais ce qu'il fabriquait.

Lui, au moins, avec sa voiture, il devait savoir ce qui se passait, en bas.

Dans notre dos, les coups de marteau de Djack, qui s'étaient interrompus, reprirent. Il s'était sûrement arrêté en entendant passer la voiture du nazi. Je vis Grivel se figer sur le seuil de sa porte, hésiter à venir voir ce qui se tramait chez nous, sans doute.

À coup sûr, il serait passé quasiment à l'endroit d'où on le surveillait.

Quand il choisit finalement de rentrer chez lui, je soupirai un grand coup.

22.

Djack avait travaillé comme un damné.

La cave où on avait entreposé les réserves avait deux accès : une grande porte cochère donnant sur l'extérieur, sous les fenêtres du bureau de Papa, qu'on ouvre trois fois par an, pour rentrer les granulés de bois, les bûches sèches, ou d'autres trucs. C'est celle qu'on avait ouverte pour vider le camion, la nuit du pillage...

Et puis il y a un autre accès par l'intérieur : on descend dans la cave par une échelle de meunier, depuis le couloir entre la cuisine et le bureau.

Djack avait commencé par murer la porte de l'extérieur, en clouant des planches en travers, en les vissant et les scellant au mur. Ça lui prit deux jours. Régulièrement, à des moments délicats, il m'appelait, je descendais le rejoindre, pour tenir la torche afin qu'il puisse bosser malgré le noir complet.

Je lui passais les outils.

Quand il eut fini cette phase des travaux, le soir, au dîner, il nous annonça qu'il allait aussi cadenasser de l'intérieur. Et préparer des barres pour les volets, afin que nous puissions nous enfermer à double tour, au besoin.

– Tu deviens fou, à propos du nazi, dis-je.

– C'est pas que lui... Il peut y avoir des pillards, des rôdeurs, des...

– Si ça se trouve, il nous a juste menacés en l'air, ajoutai-je pour le rassurer. Et puis il est parti chercher un groupe électrogène ailleurs.

– Tu es allé l'espionner ?

Il nous regarda, soupçonneux. ZeCrow baissa la tête en faisant mine de siffloter (lui, il ne sait pas mentir), alors je changeai de conversation.

Dans la cave, Djack ne se contenta pas de poser des barres de fer pour bloquer l'ouverture, de l'intérieur.

Il en profita pour bricoler un système d'éclairage à l'huile, en bas, et aussi un panier pour remonter les provisions avec une poulie.

Quand je descendais par l'échelle de meunier, pour voir si je pouvais l'aider, j'avais plutôt le sentiment de déranger. Il était pris d'une sorte de frénésie de travail. Comme s'il voulait oublier que la situation se dégradait sans cesse.

J'étais presque certain que Grivel était venu voir ce que fabriquait mon frère, à un moment où nous n'étions pas là. Djack aussi le soupçonnait. De temps en temps, il continuait de jeter des coups d'œil par la fenêtre du bureau de Papa.

Rien. Le noir.

Mais il était peut-être là...

Nous, avec ZeCrow, on s'aventura encore deux fois à espionner la ferme de Grivel. Chaque fois, sa voiture était garée devant sa porte. Lui, on ne le vit pas.

Peut-être nous guettait-il en train de le guetter ?

Ça ne pouvait pas durer longtemps, ce petit jeu entre nous.

Ça ne dura pas.

23.

J'étais descendu voir si je pouvais aider Djack à fixer les poulies, pour son panier. Il se débarrassa de moi en me suggérant de lancer une paella pour le déjeuner.

– Puisque tu en as pris soixante, il va bien falloir les entamer...

– Quarante, je répondis. J'en ai pris seulement quarante.

Il hocha la tête, et puis il me dit qu'il remontait dans une heure environ, qu'il aurait fini. Qu'on descendrait cet après-midi dans la forêt installer les nichoirs pleins de graines pour les oiseaux de ZeCrow.

On les avait déjà préparés, pendant que Djack bricolait.

Je dressai un feu dans la cuisinière, allumai le lustre au-dessus du plan de travail et mis le couvert. Et puis, une demi-heure avant qu'il remonte, je fis chauffer la paella. Ça embaumait dans toute la maison.

Djack allait sortir avec nous.

ZeCrow cesserait de râler parce que les oiseaux crevaient.

Je commençai à chantonner...

On avait passé sans encombre cette période insupportable, depuis la visite de l'autre soir. Djack avait fini. Il allait se rassurer. On continuerait d'attendre Papa tous les trois. Un jour, il reviendrait. Qu'il soit en prison ou ailleurs...

Je chantonnais en tournant le dos à la porte-fenêtre.

J'entendis ZeCrow dévaler l'escalier. Il devait être dans sa chambre.

Il dit en entrant dans la cuisine :

– Le nazi, le nazi, il arrive ! Il s'est garé dans le chemin, devant la cave !

À ce moment, on cogna à la porte vitrée.

Je me retournai.

Grivel était là.

J'hésitai à lui ouvrir. Mais même si la porte est en verre renforcé, il avait son fusil en main. Alors je décidai de le laisser entrer, après avoir fait les gros yeux à l'intention de ZeCrow : pas de gaffe, surtout.

– Ton frère est où ? grogna-t-il, abruptement.

– Sorti. Il est allé ramasser du bois, on va bientôt être à court.

Il parut troublé un instant par ma capacité à mentir si facilement, puis il sourit.

– C'est lui que j'entends bricoler, en bas, dans la pièce que vous avez barricadée ?

– Non, je mentis de nouveau. C'est la chaudière qui...

Mais je m'arrêtai, conscient de ma bourde.

La chaudière a besoin d'un mininum d'électricité pour fonctionner. C'est pour ça qu'on se lavait à l'eau froide depuis six jours (enfin, surtout Djack).

– Il... Il ne va pas tarder. Je vais vous faire un café, en attendant...

Mais je me retrouvai devant la cafetière électrique, avec une carafe d'eau, toujours pas d'électricité et l'air désemparé.

Grivel me faisait perdre mon *mojo*, pour les bobards.

Il fit deux pas dans la cuisine, son étrange sourire mauvais vissé aux lèvres.

– Je ferais peut-être aussi bien d'aller voir ce que manigance ton frère, dit-il. L'escalier de la cave, c'est par où ?

– Non ! cria ZeCrow.

Le nazi se tourna vers lui dans la lueur des bougies, surpris, méfiant.

– Pourquoi non ? Il va avoir besoin d'aide, pour sortir le groupe électrogène que vous avez voulu garder pour vous.

– Faut pas que vous alliez à la cave, insista ZeCrow précipitamment. C'est un endroit dangereux, on y stocke des produits chimiques, et aussi des virus mortels, et en plus vous risquez de... de faire mal à mon chat.

Grivel sourit plus largement.

– Je crois bien que je vais quand même y aller. Tu me montres le chemin ?

– Je ne vous le conseille pas, fis-je en m'approchant, et en essayant d'avoir l'air vicieux. Violation de propriété. Si nous avertissons notre avocat, vous risquez de...

Il éclata de rire.

– Ton avocat ? Mais qu'il vienne ! Surtout en ce moment ! Et pourquoi pas le notaire de ton vieux ? Ça fait des années que je les attends. Et je les attends avec *ça*.

Il souleva légèrement le fusil qu'il avait en main, afin qu'on le voie encore mieux.

– Vous devriez pas vous balader *avec ça*, dis-je, en imitant son ton. Surtout dans le noir. C'est dangereux, un accident est vite arrivé.

Il me regarda, approuva en souriant, les dents découvertes – « Oui, gamin, *je* suis dangereux. Et *tu* pourrais avoir un accident ».

J'attrapai sans réfléchir le premier truc qui me tomba sous la main – la poêle pleine de paella en train de griller sur la cuisinière à bois. Et je la lui lançai en pleine face.

Il se mit à hurler.

Et à reculer, aveuglé par le riz brûlant, les crevettes brûlantes, les moules brûlantes. Ou peut-être le chorizo (brûlant).

Je me ruai sur lui et le poussai en arrière.

Il recula encore de deux pas, en battant des bras, son fusil dans la main droite.

Buta sur le seuil de la porte vitrée.

Lâcha son arme.

Bascula en arrière sur les marches en pierre.

Je ramassai son fusil, claquai la porte sur lui.

Fermai à double tour.

Me retournai, en poussant ZeCrow devant moi.

– Toi, planque-toi, vite ! Monte à l'étage ! Dans la chambre, sous ton lit, et tu bouges surtout pas !

24.

Un cri, en bas.

– Hey, 'Chu ! Il se passe quoi ?

J'ouvris la porte de la cave.

– C'est le nazi ! Enferme-toi, j'ai son fusil !

Je refermai sans lui laisser le temps de répondre.

Au même moment, j'entendis un coup sourd, un deuxième, un craquement, dans la cuisine.

Du bois, et ensuite, du verre brisé.

Il défonçait la porte. Bon sang, avec toutes ces crevettes gâchées, j'avais au moins espéré qu'il était brûlé au huitième degré.

25.

Dans l'obscurité, je reculai vers le bureau de Papa. Je vis René Grivel déboucher dans le couloir, silhouette de taureau furieux, faiblement éclairée par la cuisine.

Il avait une masse à la main.

Djack l'avait laissée dehors, hier soir.

À ce moment, Grivel dut entendre mon frère qui verrouillait la cave de l'intérieur.

Il s'arrêta, je crus vraiment l'entendre souffler, et puis il donna un grand coup de masse dans la porte de la cave.

Elle explosa. J'entendis un cri, de l'autre côté, puis le bruit d'une chute.

Djack avait dû être projeté au pied de l'échelle.

Grivel plongea ses mains dans l'énorme trou béant qu'il venait d'ouvrir dans le contreplaqué.

Il arracha le reste de la porte, par pans, à mains nues, le dispersa autour de lui.

C'était un monstre, le Minotaure, et il était en colère.

« Tire, me disait mon cerveau. Tire, arrête-le, il n'y a que ça... »

Je pointai le fusil, tremblant, vers lui.

Mais je ne pouvais quand même pas tuer un homme comme ça.

Il traversa la porte détruite, s'engagea vers l'échelle de la cave.

Il allait déchiqueter Djack à mains nues, comme le bois...

Je me ruai sur lui pour l'arrêter, débouchai dans son dos.

Il m'entendit, fit volte-face.

Combat dans le noir.

Il attrapa son fusil, que je serrais autant que possible, me tordit le poignet, je hurlai et lâchai.

Il tenta de retourner l'arme contre moi.

J'avais reculé, mais il n'avait pas la place pour sa manœuvre dans cet espace trop restreint, en haut de l'échelle. Et moi, avec l'énergie du désespoir, je profitai de cet essai pour me jeter contre lui.

Ça le surprit une deuxième fois.

Il tenta de s'accrocher à l'échelle, dans le réduit.

Battit des mains.

Je sentis qu'il lâchait prise et perdait l'équilibre.

Il me semble qu'il poussa un petit cri, avant de tomber en avant.

Et ensuite, il y eut une lueur blanche, la détonation énorme du coup de feu répercutée par les parois de la cave.

Puis plus rien.

Le silence.

– Jacques ?

26.

– Jacques ? Jacques ?

Le sous-sol était plongé dans l'obscurité la plus totale.

– Jacques, ça va ?

J'ouvris plus franchement la porte, risquai une tête. Pas un bruit.

Je mis un pied sur l'échelle de meunier.

À ce moment, une lumière s'alluma, au fond de la cave. Une lanterne électrique.

– Jacques, il ne t'a pas touché ?

– Non, ça va. Mais lui, il...

Djack apparut avec sa lanterne.

Je descendis les barreaux, prudemment.

L'un d'eux avait été cassé lors de la chute du gros nazi.

Le gros nazi gisait au pied de l'échelle.

Inerte.

Il y avait du sombre sous lui.
Du sombre.

Djack était penché sur lui quand je parvins en bas. Il cherchait quelque chose le long de son cou, un pouls, je pense. Je bredouillai :

– Jacques ?

– Il... Il... Il est mort, je crois, dit mon frère.

27.

Nous ne saurions jamais *exactement* comment ça s'était enchaîné.

En m'arrachant le fusil, en essayant de me tirer dessus, Grivel-le-voisin-nazi avait probablement posé la main sur la gâchette. Par réflexe.

Et c'est à ce moment-là que je l'avais poussé.

Il était peut-être encore aveuglé par du riz au safran, ou par une tranche de chorizo dans les yeux. Il ne voyait pas l'échelle, les barreaux où poser le pied. Mais de toute façon, c'était le noir complet.

Déséquilibré par ma charge, il avait basculé, avait sans doute voulu se retenir, ou juste amortir sa chute avec ses mains.

Un réflexe.

Peut-être se serait-il brisé la nuque, peut-être serait-il mort, même s'il n'avait pas tiré ?

Il était tombé sur son fusil et avait fait feu *sur lui-même*, pile dans son menton.

C'était une succession de circonstances si parfaite que je ne pouvais même pas prétendre l'avoir prévue ou produite.

Son coup de feu l'avait touché à la mâchoire. À vue de nez. Enfin, si j'ose dire. Parce qu'en fait, il n'avait plus de mâchoire, ni de nez. Ni même de visage.

C'est ce qu'on constata quand je soulevai sa tête doucement pour essayer de le mettre en PLS, alors que Jacques l'éclairait.

Du coup, horrifié, je le relâchai.

Dieu merci, il n'avait plus de pouls. Raide mort.

– C'était sûrement des munitions pour la chasse au sanglier, dit Djack.

Il devait avoir besoin de dire des choses rationnelles, logiques, compréhensibles.

– Il faut appeler les secours, ajouta-t-il.

– Il en a plus vraiment besoin. Et de toute façon, on ne peut appeler personne, on n'a pas d'électricité.

– Oui, fit-il. Tu as raison.

Il semblait beaucoup plus bouleversé que moi.

Je pris les choses en main.

– Et puis, si on parvenait à prévenir les secours, et qu'on les amenait dans cette cave, ils récupéreraient nos réserves. Et ils nous placeraient dans des familles, si Papa est en prison. On serait séparés et l'un de nous au moins serait maltraité. Et ZeCrow attraperait la tuberculose ou deviendrait fou, parce qu'il ne peut pas sortir.

C'était une version raisonnablement pessimiste.

Jacques dit simplement :

– Paulo ? Où est Paulo ?

– Je lui ai dit de se planquer là-haut.

– Remonte le rassurer. Tu l'installes dans votre chambre avec des bougies, tu lui fais un sandwich, tu lui ouvres un Coca. Remonte deux canettes. Et dis-lui que tout va bien, mais qu'il ne vienne surtout pas nous rejoindre. Ensuite, descends une ou deux lanternes de camping, et un drap...

Il n'était plus hébété, il retrouvait son sens pratique.

Ça me soulageait qu'il redevienne l'ainé, quand même.

28.

Sur le chemin entre les deux étages, à l'aller comme au retour, je me répétai : « On n'y est pour rien. » Et encore : « C'est lui qui a commencé. »

Quand je revins enfin, Jacques était toujours devant le cadavre, un bout de chiffon en main, et rien n'avait vraiment changé. Je posai les lanternes juste à côté du corps de Grivel. Elles l'éclairèrent d'une lumière rasante.

Je regardai mon frère, et dis :

– On fait quoi ?

– Il... il faut le sortir de la cave. Et l'enterrer. J'ai essayé de le nettoyer, pour que rien ne nous relie à sa mort...

Il désignait les grains de riz, par terre.

– En même temps, cette paella aurait pu être à lui, fis-je. Et si on l'enterre, tout le monde saura que ce n'était pas un accident.

– Qu'est-ce que tu proposes, alors ? me demanda-t-il, presque agressivement.

– On le ramène chez lui. On le dépose, genre, dans sa cuisine. Ou mieux, on renverse un tabouret devant son râtelier de fusils, et on sacrifie une deuxième boîte de paella sur sa gazinière. Quand les flics le découvriront, ils penseront qu'il est tombé en prenant une carabine, et qu'il s'est défoncé le visage.

– Mais ils ne retrouveront aucun impact au plafond...

Je me penchais pour ramasser le fusil.

– On en fera un...

– Laisse ça ! s'exclama-t-il. Touche plus ! Je l'ai essuyé. On évite de déposer nos empreintes partout.

– OK, Sherlock !

On était comme deux imbéciles devant un cadavre.

On commençait à piétiner sur place.

– On va faire comme j'ai dit, et l'enterrer, trancha Jacques. J'ai pas envie qu'on le laisse pourrir dans notre cave ou dans sa cuisine. Et si les flics viennent, on expliquera qu'on l'a trouvé devant chez lui, mort par balle, et qu'on l'a inhumé.

Je haussai les épaules.

– D'accord. On fait ça où ?

– Dans son jardin. Allez, on l'enroule dans un drap, et on l'emmène. Soulève-le.

Je l'attrapai par les chevilles, Jacques par les bras, et on essaya de le bouger.

Mais en pure perte. Il était lourd comme un âne mort.

– On... On va le traîner, dit Jacques. En mettant des cartons sur le chemin, pour qu'il glisse, et...

– Il a garé son pick-up juste de l'autre côté de la porte. On va en profiter. On le charge sur le plateau, et on l'emmène jusqu'à ses chambas.

– Je sais pas conduire. Et il vaudrait mieux ne pas...

Mais je ne l'écoutai pas, ce coup-ci.

J'avais commencé à fouiller les poches du mort, qui était plus froid qu'un quart d'heure plus tôt.

Je trouvai un trousseau de clés, les lançai à mon frère.

– C'est les clés du 4 × 4 ! Moi, je vais ouvrir la porte de la cave de l'intérieur, tu la dégages de l'extérieur.

– OK, OK...

Il grimpa l'échelle, prudemment, avec des gestes mornes, comme un robot triste.

J'entrepris de retirer les barres de fer, de décadenasser la porte cochère.

Je l'entendis, deux minutes après, dehors. Pas la voiture, non : juste lui. Et juste de l'autre côté de la cloison de bois. Je l'entendis faire craquer les lambourdes qu'il avait patiemment vissées, scellées, pendant deux jours.

Avec la pioche, et une barre à mine, ça lui prit moins d'une heure pour faire céder l'ensemble.

Moi, j'étais remonté chercher une autre pioche, une pelle, une bâche.

On avait encore discuté du fait que j'essaie de démarrer le pick-up, moi, pour emporter Grivel chez lui. Et éventuellement pour tenter ensuite un demi-tour au frein à main. Mais Djack avait repris ses esprits, il me dit :

– On n'a pas besoin d'un deuxième mort ce soir.

On ouvrit la porte cochère, qui grinça mais se laissa faire.

« Tu parles d'un barricadage », songeai-je. Ou disait-on « barricadement » ?

Djack alla chercher la brouette. On tira René-le-voisin-nazi par les pieds, et puis, mon frère dit :

– Aide-moi à le hisser là-dedans.

29.

On l'inhuma.

Ça nous prit longtemps, de creuser la terre sur quatre-vingts centimètres de profondeur, on était en sueur, torses nus dans cette fausse nuit fraîche. Nos lanternes tremblotaient parfois, les réserves de Butagaz s'épuisaient.

Deux fois, l'un après l'autre, on remonta jusque chez nous rassurer ZeCrow, lui dire que tout allait bien, qu'on réglait encore deux ou trois trucs.

Quand on roula René-Grivel-le-nazi dans sa tombe, Jacques insista pour placer son fusil à côté du corps, après l'avoir de nouveau soigneusement essuyé.

Il dit :

– De toute façon, s'il reste des empreintes, ce sont les miennes... Personne ne saura ce que tu as...

Il s'interrompit.

– *Ce que j'ai* quoi ?

Il me regarda, gravement.

– Je l'ai pas tué, Djack ! criai-je. C'est lui qui est entré chez nous, qui s'est précipité dans la cave, qui m'a arraché son fusil. Moi, je l'ai juste poussé, OK ?

Il hocha la tête.

On remit la terre sur René Grivel et son fusil.

Je me dis qu'on pourrait toujours venir récupérer l'arme un jour, mais je doutais qu'on ose déterrer tout ça. Si j'avais su...

Mon frère céda sur les clés de voiture. On ne les enterrait pas, elles. Il les gardait dans sa poche, « au cas où ». Je supposais déjà à quoi elles pourraient nous servir, bientôt, quand j'aurais appris à conduire... C'était une perspective assez cool.

Après, Jacques fit un signe de croix, puis déposa quelques pierres sur le tumulus, et dit :

– J'ai peur que ça ne soit pas assez profond. Les sangliers risquent de le déterrer.

Je songeai que ce serait une juste vengeance, mais je ne le dis pas.

– Tu veux que je chante une chanson peau-rouge ? demandai-je.

– Il n’adorerait sûrement pas ça.

– Ben il est mort… Ou alors un cantique ?

De nouveau, il fit « non » de la tête.

– Sinon, tu trouves pas ça bizarre qu’on n’ait pas vu Hitler ?

30.

On alla jusqu'à la porte de la ferme. Le malinois aboyait et geignait, à l'intérieur.

« On ne va pas le laisser enfermé comme ça », pensa-t-on.

Vu les mois qui allaient suivre, ce fut une de nos pires erreurs...

À dire vrai, on se contenta de tourner la poignée, la main dans un mouchoir pour ne pas laisser d'empreintes. Avant qu'on l'ait décidé vraiment, il jaillit dès que la porte s'ouvrit, fila comme un lièvre entre nous, prenant ses pattes à son cou.

Puis il revint vers nous en aboyant hargneusement. Rageusement.

Dans le faisceau de nos lampes électriques, ses babines noires luisaient.

Ensuite, encore, il repartit vers la tombe de son maître en geignant.

En rentrant chez nous, on l'entendit hurler à la mort. On frissonna. Mais je n'arrivais pas à me sentir coupable, ni même hébété d'horreur, de chagrin.

Dans les histoires que je lis, les méchants meurent.

Papa en avait certainement tué des dizaines, quand il était agent secret.

Et là, ça n'était même pas nous qui avions porté le coup de grâce.

C'était juste René Grivel, son fusil, ses mauvaises intentions, et puis un concours de circonstances.

31.

Quand on se retrouva dans la cuisine, ZeCrow nous attendait. Il demanda :

– Je vous voyais pas, de la fenêtre. Il s'est passé quoi ?

– On a parlementé, mentis-je. Jacques a parlé des heures, il a réussi à convaincre Grivel de retourner chez lui. Et en guise de preuve de paix, cette ordure nazie a accepté de briser son fusil.

– Tu me prends pour un débile ? J'ai entendu un coup de feu, et après, tu as appelé Djack. Et vous avez de la terre sur vos jeans.

– Oui. C'est quand il a cassé son fusil, un coup est parti dans le fumier, mais maintenant...

– Arrête, me fit Djack, gravement.

Il regarda ZeCrow.

– On ne te prend pas pour un débile, lui dit-il. Grivel est mort. Un accident. Il voulait nous tirer dessus, et il s'est mortellement touché. Dans la cave. Et on l'a enterré chez lui.

– Cool. On est tranquilles, alors ?

Il se leva, nous versa du thé, chaud et très sucré, en mit à côté.

– On n'est pas tranquilles, fit Djack après un long silence. On ne peut pas se débrouiller tous les trois, surtout dans ces conditions. Ce qui vient de se passer en est la preuve.

Il sortit de la brioche sous plastique du tiroir à pain.

De toute façon, la paella était inutilisable.

– Alors demain, on va descendre à LaFayette, et on se présentera aux autorités, et...

– N'importe quoi, dit ZeCrow.

Ils se turent tous les deux. Je les regardai.

– Le nazi a dit que Papa était en prison, dit mon petit frère.

– Oui, peut-être. On ne sait pas si c'est la vérité, ou si...

– *Subséquemment*, si Papa est en prison, il ne pourra pas nous récupérer, tous les trois. Et donc on sera séparés, et placés.

– Surtout si on raconte tout aux autorités, ajoutai-je. Toi, Jacques, tu as l'âge d'être délinquant. On a participé au pillage du Super U, et il y a ce cadavre, tué par balle. Ils ne croiront pas à un accident. Ils t'enfermeront pour tirer ça au clair, ils te passeront au détecteur de mensonges (j'embellissais un peu, mais à peine, pour une fois). Et nous, ils nous mettront *subséquemment* dans un foyer.

Je n'étais pas certain de mon utilisation de l'adverbe.

D'ailleurs, ZeCrow grimaça.

– J'ai déjà pas de maman, dit-il. Et là, Papa est peut-être mort ou *engeôlé* ! Alors si je vous perds, je me tue !

Il nous regarda avec ce drôle d'air ahuri et plein de défi qu'il prend quand il balance un truc définitif.

Dans ces cas-là, il faut vraiment le croire. Sinon, on va au-devant de surprises immenses.

– OK, fis-je en haussant les épaules. Bon, on vote. C'est la règle.

On vota.

ZeCrow et moi, on leva la main à la première proposition, celle de rester ensemble tous les trois, inséparables, dans le Royaume.

Et d'attendre, *subséquemment*.

Quand il vit que, quoi qu'il en soit, il serait minoritaire, Jacques leva la main aussi, pour se ranger à notre avis, comme à regret. Mais le grand sourire qu'il eut ensuite nous révéla que, en dépit de ses doutes, il préférait ça, lui aussi. On lui rendit son sourire.

32.

Djack restait Jacques, le frère aîné un peu casse-pieds parfois.

Vers le soir, il proposa qu'on fasse une prière pour Papa, et aussi pour René Grivel. On rechigna.

Mais il dit qu'on était peut-être dimanche, au fond (on commençait déjà à perdre le compte des dates, sinon du jour et de la nuit). Et il souffla toutes les bougies.

Il ne demeurait que le poêle du salon où une petite flambée nous éclairait d'orange.

Il alluma une nouvelle chandelle, la posa sur la table, et on se retrouva tous les trois autour.

Il dit :

– Il faudra se souvenir de tout ce qu'on fera de bien, et de mal, désormais. Ne rien oublier. Ne pas se croire plus forts que les autres.

Je fixai la chandelle. Je sentis que mes joues brûlaient d'émotion.

Je pensais à Maman, à son fantôme-statue – j'avais songé à elle, tout à l'heure, à propos du pick-up et de la décision que je prenais d'apprendre à conduire. C'était ça, mon idée : aller la chercher.

Elle me manquait. Elle me manquait autant que Papa.

Mes frères aussi avaient les yeux perdus dans le lointain, et le vague.

On se taisait.

Je ne parvenais toujours pas à me sentir coupable de ce qui s'était passé ce midi.

Juste, je pensais à Papa. Au fait qu'il se retrouvait en prison. Il nous avait dit qu'on n'était pas des pillards, mais en fait, on avait pillé. Est-ce qu'il avait eu tort ? Tort de nous offrir ces jours à l'écart du monde, alors que le monde basculait dans le chaos ?

Non.

Il avait pris toute la responsabilité sur lui...

Comme Djack avait voulu le faire, pour les empreintes sur le fusil.

On voyait la flamme danser sur la mèche, noircie, et je me disais que l'espoir de retrouver Papa paraissait fragile, lui aussi. Mais on formait vraiment une famille autour de ça. De cette danse de la flamme. De cet espoir qui pouvait s'éteindre, et nous réunissait.

Le soir, on mangea une soupe et du fromage décongelé quatre jours plus tôt, et du pain décongelé quatre jours plus tôt, et sec, et grillé, réchauffé sur la cuisinière à bois. Et puis ZeCrow dit qu'il allait dehors discuter avec la chouette hulotte, pour savoir si elle avait vu quelque chose, le soir des émeutes, concernant Papa.

Parce que ZeCrow parle aux oiseaux.

Et que les oiseaux du Royaume lui répondent, vous l'avez compris.

Mais c'est une autre affaire.

Rien à voir avec le nuage.

33.

Un an auparavant, mon petit frère m'avait demandé ce que la hulotte pouvait bien dire, lorsqu'on l'entendait crier tous les soirs au crépuscule.

« T'as qu'à le lui demander. »

Il l'avait fait.

Elle avait hululé en retour.

Il n'avait rien compris.

« Tu n'as qu'à mieux écouter, je suis sûr que c'est ton super-pouvoir, parler la langue des oiseaux. Tu t'appelles ZeCrow. Tu es un corbeau. »

Et c'est ce qui s'était produit. Ils s'étaient mis à se comprendre.

C'est pour ça qu'il prétend que je suis un magicien. Parce que, quand j'invente des histoires pour embellir le réel, des fois, elles se réalisent.

Alors que non. Le magicien, c'est lui.

34.

Les semaines qui suivirent la mort de René Grivel, ce fut encore le noir. Le noir complet.

Et les rares oiseaux qu'on trouvait, c'étaient surtout des oiseaux morts.

Le noir tout le temps, partout. Des semaines sans une lumière, à l'extérieur. Sans un vrai jour. Sans voir le dos de nos collines, nos arbres, le Royaume... Certains matins, on avait l'impression que le nuage était un peu moins épais, qu'un peu de soleil réussissait à percer les cendres, ou les poussières, on ne savait pas. On sortait pour se rendre compte.

Effectivement, peut-être le soleil de mai donnait-il, radieux, au-dessus de la couche épaisse. Mais ça illuminait juste davantage cette nuée. Le noir se pailletait légèrement de jaune. On n'y voyait qu'à peine mieux. On frissonnait tout juste un peu moins. C'était gris et non pas noir, mais sans couleur.

Au bout d'une heure, quand on sortait, nos yeux s'accoutumaient. Et alors on pouvait descendre jusqu'au ruisseau presque sans aide. On prenait quand même une lanterne. On n'avait plus de recharge de Butagaz, mais Djack avait bidouillé les lampes de camping pour qu'on puisse y consumer, au fur et à mesure, les brindilles et les écorces, les mousses qu'on ramassait.

On se sentait comme des sauvages, ou des hommes préhistoriques avec nos « cages à feu ».

Et ça nous permettait de voir la forêt, de mesurer l'étendue des dégâts. Ça me permit, un peu plus tard, de voir les premières créatures.

Mais j'anticipe.

Il faut que je raconte dans l'ordre.

Le lendemain de la mort de Grivel, Tigre disparut. Il resta introuvable pendant les jours suivants, alors qu'il avait pris l'habitude de rester allongé chez nous encore davantage depuis que ZeCrow n'allait plus à l'école.

Je savais bien que son maître allait piquer dans la cave une boîte de pâté par jour (du vrai pâté !), pour lui faire plaisir. J'avais retrouvé les bocaux.

Djack le savait aussi.

Le deuxième soir, on discuta de son absence.

ZeCrow dit qu'il était « mortellement inquiet », puis qu'« il y avait nécessairement une explication », puis que « les oiseaux refusaient de prendre position sur ce point », puis que, « s'il ne revenait pas, il fallait monter une expédition de secours ».

J'avais bien mon idée sur les causes de cette absence. Je rappelai que Hitler était désormais en liberté.

Mon petit frère blêmit.

– Mais j'ai donné des leçons de sauvagerie à Tigre ! protesta-t-il.

Djack fronça les sourcils à mon intention.

Mais ZeCrow ne voulait pas être traité comme un débile, il ne fallait rien lui cacher.

– Tu peux être le meilleur combattant du monde, si tu pèses moins du tiers du poids de ton adversaire, t'as aucune chance, dis-je.

Trois jours après, pour en avoir le cœur net, je profitai d'un cours de maths que Djack donnait à ZeCrow (il n'avait pas encore complètement lâché l'affaire). Et j'allai chez Grivel.

Si Hitler traînait dans le coin, il y avait peut-être ramené le chat de mon frère.

Franchement, je n'en menais pas large. J'avais pris le taille-ronces de Papa, une sorte de machette recourbée. Je me disais que si je tombais sur le chien, ça me laissait une chance.

Je fis d'abord le tour du jardin, autour de la maison, sans y entrer.

L'oreille aux aguets, le cœur battant.

Même si on n'avait pas refermé la porte, la dernière fois qu'on était venus, je me disais que le chien préférait sûrement la liberté.

Je balayais la pelouse avec ma torche électrique, elle avait noirci, comme tout le reste de la nature. Mais rien de suspect ni de bizarre. Pas de cadavre, pas d'assassin. Rien à part le tumulus sous lequel reposait le maître des lieux, qui rappelait ce qui s'était passé.

Je constatai que Djack était revenu, depuis, planter une croix en bois sur la tombe.

Enfin, j'espère que c'était lui, sinon, on avait eu un visiteur qui était au courant de notre crime.

« C'est pas un crime... Juste un accident... », je me répétai.

Bon. Pas de chat mort.

Pas de chien nazi non plus.

Je savais bien ce qu'il me restait à faire.

Honnêtement, je crois que c'était mon idée dès le début, d'entrer chez lui... De voir...

À quoi ça ressemble, l'intérieur de la maison d'un voisin nazi ?

Je poussai prudemment la porte. Éclairai l'intérieur. Le jour de sa mort, on s'était contentés d'ouvrir au chien. Je n'aurais pas été surpris de tomber sur un drapeau à croix gammée, accroché aux murs, je crois ; ou un portrait du diable, des trophées de chasse, un humain empaillé... Je n'aurais été surpris par rien, en fait.

Mais dans la lueur de ma lampe, ce fut juste une grande pièce décevante : des murs de pierre nue, un dallage de pierre, des meubles de bois, une grande table couverte de dizaines de trucs, assiettes sales, vieux journaux, couverts dépareillés.

Grivel vivait comme un cochon. Bon.

Pas de chien, apparemment.

Pas de Tigre non plus.

Je refermai derrière moi, au verrou, pour éviter que Hitler ne survienne dans mon dos, pendant ma visite.

Puis je repris mon exploration.

Aux murs, une carte en relief des lieux, deux étagères avec de la faïence, un râtelier pour les armes – vide.

– Tigre ? chuchotai-je. Tigre, t'es où, vieux matou crétin ?

Je fis quelques pas. L'odeur de cadavre sonna comme une alerte.

J'entrai dans la cuisine.

Sur la table couverte d'une toile cirée, il y avait encore de la vaisselle sale, et un cubi de vin, entamé.

Des boîtes de conserve sur les étagères, des légumes qu'il avait stockés et qui avaient commencé à moisir. L'odeur, ça venait de son congélateur, le poisson et la viande sous vide. Sans doute le produit de ses chasses et de ses pêches, ses réserves de tout l'automne précédent qui pourrissaient. Il n'avait pas tout sauvé, comme Djack.

Ça puait terriblement.

Pas envie de m'éterniser.

Même Tigre n'aurait pas accepté de manger de genre de détritus.

Il restait une pièce, au fond, en enfilade de la cuisine, et un escalier vers l'étage.

Je gravis d'abord les marches, tombai sur une porte, la poussai : c'était le grenier, apparemment. Qui servait de débarras. La poussière et les toiles d'araignées témoignaient du fait qu'il n'avait pas été utilisé depuis un moment.

– Tigre, Tigre ? murmurai-je pour en avoir le cœur net. Ramène-toi, con de chat... Je flippe.

Mais je ne voyais pas comment il aurait pu entrer là : la porte était verrouillée à mon arrivée.

Et s'il s'était glissé par une lucarne entrouverte ?

Dans ce cas, il n'avait pas besoin de moi pour ressortir tout seul.

Je redescendis, j'entrai dans la dernière pièce de la ferme.

La chambre du nazi.

Je vis une petite salle d'eau, j'allai y jeter un coup d'œil :

– Minou ? J'ai des croquettes. Au bœuf, en plus.

Rien.

Je balayai tout l'espace avec ma lampe, fis le tour du lit, glissai la machette à ronces dans ma ceinture, comme un sabre de chevalerie, pour me libérer les mains.

Je pris sur la table de nuit une photo qui était placée dans un cadre.

C'était un homme presque chauve, avec une femme et un enfant.

Lui avec sa femme et sa fille, avant qu'elles le quittent pour délit de méchanceté ?

Lui avec ses parents, il y a cent ans ?

Ça m'émut.

Ce type était mort avec des secrets.

« Pas ta faute... », fit la voix dans ma tête.

– Un accident, c'était un accident, dis-je à haute voix. Et c'est lui qui a commencé.

J'ouvris l'armoire.

– Minou ? Minou minou, miaou ?

Deux vestes de laine, une veste de chasse, rien.

Je soulevai une bâche qui semblait protéger un divan, et là, dans la lumière de ma torche, je sus que j'avais trouvé le trésor de René Grivel.

35.

Ce n'était pas un divan. Sous la bâche, il y avait six cantines en fer, peintes en noir ou en vert kaki, écaillées, empilées. Et sur les malles, il y avait un fusil. Une carabine de chasse avec deux canons superposés comme un truc de cow-boy. Des boîtes en carton.

Je pris l'arme, la posai prudemment sur le lit. Elle avait l'air parfaitement entretenue, contrairement à tout ce que j'avais vu jusqu'ici, mais on ne sait jamais...

Les boîtes en carton contenaient des munitions. Il y avait des numéros, certainement des calibres. Les cartouches avaient une douille en métal et des corps en plastique, vert ou rouge.

Je les jetai sur le lit, à côté du fusil, pour dégager les cantines métalliques. Je les reconnaissais, ces malles : c'étaient celles que Grivel transportait le soir où nous l'avions épié.

Elles n'étaient pas cadenassées.

Dedans, je trouvais des trucs très divers : des vêtements, assez chics, peut-être luxueux, je n'y connais rien ; des outils neufs, encore dans leur emballage ; de l'alcool ; des conserves, aussi.

Je trouvai même des vêtements de femme, sans doute coûteux, et des bijoux. Je me dis qu'il devait avoir pillé une maison de voisins. Enfin, une maison pas trop éloignée. Il y avait quelques résidences secondaires, appartenant à des gens plus aisés que nous autres, et vides presque tout le temps.

Mais laissait-on ses bijoux dans une maison vide ?

Si ça se trouve, il était entré dans une maison bien habitée, comme il l'avait fait chez nous : avec son fusil. Il avait menacé toute une famille. Ou il les avait tués. Même la femme aux écharpes en soie et aux bijoux.

Penser à ça me libéra de mes derniers remords...

J'éclairai le fusil, l'examinai, le touchai. Ça pouvait carrément servir.

Et c'était excitant.

Sauf que je n'étais pas certain de savoir si les cartouches fonctionnaient dans cette arme-là, plutôt que dans l'autre, celle qu'on avait inhumée avec Grivel. Dans une BD que j'avais lue, un type met les mauvaises cartouches dans son flingue, ça explose et ça le tue. Avant de m'en servir, il faudrait que je trouve un moyen d'essayer, peut-être en accrochant un fil à la gâchette et en tirant de loin, après l'avoir chargée ?

Ou alors demander à Djack ?

Non, il n'y connaissait pas grand-chose, et j'étais certain qu'il ne voudrait jamais...

Je sortis les conserves des malles.

Je reviendrais les chercher et les emporterais discrètement dans notre cave.

Je laissai là le reste de son butin.

En revanche, je pris le fusil sous le bras, le cassai, vit que les canons étaient vides. Je ne risquai pas de tirer un coup par imprudence.

Les boîtes de cartouches dans les mains, ma lampe torche entre les dents, je retraversai toute la maison pour aller mettre ma découverte à l'abri. Sauf que je réalisai, en atteignant la porte, que je ne pouvais pas l'ouvrir. J'avais les mains pleines. Et de toute façon, si je déverrouillais comme ça, et que Hitler m'attendait derrière la porte, il me sauterait à la gorge avant que je puisse faire quoi que ce soit.

Je posai les boîtes de cartouches sur la table, ramassai un sac, y fourrai les munitions, le pris en bandoulière, passai le fusil à l'épaule, et ressortis la machette à la main.

Mais Hitler ne bondit pas sur moi.

Et Tigre restait introuvable.

Je planquai le fusil et les cartouches dans l'appentis que Grivel avait installé pour ranger ses outils de jardin, presque à l'entrée du nôtre.

En revenant, je ne dis rien à Djack ni à ZeCrow, à propos du fusil, à propos de cette photo sur la table de nuit de Grivel, avec sa descendance ou ses parents ; ni à propos de rien, même de la croix sur la tombe...

Le premier m'engueulerait si j'avouais mon expédition.

Et le deuxième ne saurait pas tenir sa langue, ce qui reviendrait au même : il me trahirait, dirait tout au premier, qui m'engueulerait.

36.

Tigre revint finalement, trois jours plus tard. Il était efflanqué, et affreusement balafré.

Qui l'avait blessé ainsi ?

Surtout, quelle peur avait pu retenir ce chat de venir manger ? Pendant si longtemps ? Lui, si passionné de nourriture ?

On ne commença pas à enquêter tout de suite.

On commença par passer quatre heures à essayer de le nettoyer, mais il était si débile qu'il nous infligea des sales griffures, pour nous empêcher de désinfecter les siennes.

C'était peine perdue.

D'autant que Djack ne voulait pas qu'on vide tout le désinfectant, c'était une des deux dernières bouteilles.

– Ce qui ne te tue pas te rend plus fort, décréta finalement ZeCrow.

Et je ne sus pas si c'était à propos des plaies qu'il avait désormais sur les mains, lui, ou à propos du museau salement entaillé de son chat. Mais j'approuvai.

Le soir, dans notre chambre, ZeCrow me demanda :

– Tu crois que les hyènes tachetées attaquent les chats ?

– Aucune idée. Elles sont pas charognardes, les hyènes ?

– Non. Enfin, elles peuvent l'être, si l'opportunité se présente, par clepto-parasitisme. Mais la plupart du temps, elles attaquent surtout les animaux vivants.

– OK... dis-je, sans demander ce que signifiait exactement sa phrase précédente. Et pourquoi tu penses qu'il y a des hyènes ?

– Je sais pas... Ce serait carrément flippant.

Oui.

Il avait raison.

Je comprenais son raisonnement.

1 – Ce serait une des hypothèses les plus effrayantes, pour expliquer ce qui était arrivé à Tigre.

2 – Et ces temps-ci, le truc le plus effrayant était souvent le bon.

Je ne lui parlai pas de Hitler. Ni de la dérive génétique.

Je dis simplement :

– Demain, on ira chasser la hyène.

37.

Dans les jours suivants, on ne chassa pas vraiment.

Mais disons qu'on s'aventura tous les deux de plus en plus loin dans la forêt du Royaume.

On dit à Djack que c'était pour « trouver au chat des gourmandises afin qu'il se remette ».

C'était un prétexte, en fait.

Ce qu'on voulait, c'était trouver des traces, des indices, savoir qui lui avait fait ça.

On avait nos « cages à feu ». Je prenais aussi la machette à ronces. ZeCrow prenait mon couteau de trappeur, même si je lui avais dit de le laisser dans le fourreau, parce que bon, il est imprudent.

Je n'emportais pas le fusil parce qu'il aurait fini par nous trahir vis-à-vis de Djack.

Notre grand frère m'avait dit :
« Faites gaffe quand même... »
J'avais répondu :
« Si le chien de Grivel était encore dans le coin, on l'entendrait hurler à la lune. Même sans lune. »
N'empêche, c'étaient des expéditions impressionnantes. Même sans croire aux hyènes tachetées, et sans croiser Hitler.
En l'absence de soleil, le Royaume avait changé. Nos lanternes révélaient une forêt de cauchemars. La nature, égarée par l'absence de lumière, était retournée en hiver, mais trop brutalement, sans préparation. Les feuilles neuves avaient bruni, avant les fleurs. Parfois, elles tombaient comme fin novembre. Parfois, elles pendaient comme des choses craquantes et mortes au bout des branches. Ça ressemblait aux conséquences d'une gelée de sept jours en plein printemps. En dix fois pire.
L'herbe avait noirci.
Sous nos pieds, ça craquelait et ça pourrissait.
Humidité, moisissures.
On n'avait eu que deux pluies depuis le nuage, mais désormais, il fallait des jours pour que le Royaume cesse de suinter. Sans soleil, tout moisissait.

Et toute la vie animale était sens dessus dessous.

On croisa de plus en plus de bêtes, au fur et à mesure qu'on s'aventurait plus loin.

Celles qui avaient hiberné s'étaient réveillées sans réserves, et se retrouvaient trop maigres pour tenir bien longtemps sans nourriture accessible. Les autres aussi étaient si désorientées que, parfois, on les voyait passer presque sous nos yeux, à quelques mètres de nous. Des martres. Des marcassins et leur mère. Des centaines de souris, un jour, qui couvrirent le sol, nous coururent presque sur les pieds. Avaient-elles entamé une migration de lemmings ? Existait-il un endroit, ailleurs, où le soleil serait déjà revenu ?

Fallait-il partir, comme elles ?

On trouvait souvent des cadavres de petits animaux, les jeunes de l'année nés sans avoir rien à manger. ZeCrow ramassait les rongeurs et les oisillons morts, il les mettait dans un des sacs plastique qu'il avait toujours dans sa poche. C'était pour nourrir Tigre, puisqu'on n'avait plus de pâtée.

Une triste récolte.

On rentrait, déprimés.

Concernant la chasse aux hyènes (tachetées) ou au Hitler, mon petit frère proposa de descendre des pioches, pour creuser des fosses qu'on garnirait de pieux empoisonnés, et qu'on recouvrirait de feuillages, afin de capturer le prédateur.

Je lui fis remarquer que ce serait dangereux pour nous, dans cette nuit permanente. Et que ce serait surtout beaucoup de travail.

Alors, il laissa tomber.

On ne trouvait aucune trace, ni empreintes ni indices de l'animal qui avait pu agresser Tigre.

Mais, un jour, je repérai des traces de griffes sur un tronc. Une autre fois, des empreintes. Un autre jour encore, des crottes, et quelques touffes de poils noirs dans un épineux. C'était facile de le cacher à ZeCrow... On ne voyait pas grand-chose, et puis lui, il avait sans arrêt le nez en l'air pour repérer les oiseaux, les appeler.

La première fois, j'avais hésité à en parler à Djack, en revenant. Mais il nous aurait interdit de redescendre. Et puis, je considérai de moins en moins inquiétante ou menaçante la présence d'un chien errant, fût-il Hitler, ou d'un loup.

Si vraiment il avait été agressif, il en aurait déjà profité.

Au contraire, il semblait nous fuir.

Jusqu'au premier cadavre, on continua donc nos balades.

38.

Djack n'avait pas le temps de s'inquiéter, lui. Il avait toujours un truc à faire. Du bricolage. Un projet. Je me demande si ça n'était pas parfois un moyen de se retrouver seul.

Depuis la mort de Grivel, il avait laissé tomber sa transformation de la maison en forteresse. Il ne nous barricadait plus. Il était passé à des choses plus pratiques.

L'une des premières qu'il fabriqua, ce fut une sorte de chaudière à douche.

Il ne nous avait rien expliqué. Un jour, simplement, en remontant de la forêt, il me demanda de l'aider à suspendre un vieux ballon d'eau chaude à hauteur d'homme sur un mur de « la Tour » (la dépendance), à la lisière de la terrasse éclairée.

Il le remplit le lendemain, au jerrican, avec l'eau de la source, puis il alluma le feu dessous.

Il consultait la sonde. Il avait accroché une chasse d'eau à côté, reliée à un pommeau de douche.

Quand il alla chercher les bassines de vaisselle, je me dis qu'on allait être de corvée.

Quand il revint avec des serviettes et un savon, du shampoing, il me fit un clin d'œil.

Mais je ne fus pas assez vif pour attraper ZeCrow.

Il avait compris, lui aussi.

Il s'enfuit.

On le chercha une heure.

Je finis par lui gueuler que j'avais entendu des hyènes. Qu'il me semblait les entendre ricaner. Qu'il fasse gaffe à ses fesses sales...

Malgré ça, il ne réapparut pas.

On rendit les armes et on se doucha, l'un après l'autre, derrière un paravent. Puis on fit la vaisselle des jours précédents. Puis, quand il fut sûr que l'eau était froide et qu'on ne pourrait plus lui laver les cheveux, ZeCrow pointa son nez.

Il en fut quitte pour un bain glacé.

Ça devint un rituel.

Chaque semaine, mais sans que ce soit un jour fixe pour qu'il ne se méfie pas, on capturait ZeCrow. On l'enfermait à clé dans une chambre.

Puis on allumait le feu, et on faisait successivement le grand nettoyage des draps, des assiettes, du linge et de mon petit frère.

On rigolait bien. Surtout quand Djack redescendait avec mon frère en slip de bain, gesticulant, sur son épaule. Moi, je devais réussir à l'asperger puis le savonner pile au moment où Djack le coinçait sous le pommeau de douche.

Et sans trop tremper Djack, ce qui était impossible.

En revanche, ZeCrow acceptait de se brosser les dents docilement, désormais. Djack lui avait montré la tenaille avec laquelle il serait obligé de lui arracher une dent, s'il chopait des caries avant le retour à la vie normale...

Pour le reste, la grande affaire, c'était d'apprendre à vivre dans le noir.

La nuit du fameux dimanche de pillage, Djack avait largement sous-estimé les quantités de chandelles et de piles dont nous aurions besoin, si ça durait *vraiment*.

On ne savait pas combien de temps ça durerait *vraiment*.

On économisait.

On évitait d'éclairer deux pièces en même temps. On n'avait pas besoin du poêle, il faisait doux malgré le nuage. La cuisinière à bois nous éclairait assez. On mangeait donc dans la cuisine, ou dehors, à la lumière d'un brasero. Mais il fallait bien éclairer de temps en temps, quand même...

J'aidais Djack à couper le bois.

Il faudrait qu'on invente des torches qui se consument moins vite, mais on n'avait plus internet pour nous apprendre comment fabriquer de la poix ou du bitume. Djack essaya de faire fondre le goudron de la route dans une marmite, mais le résultat fut malodorant et peu concluant.

ZeCrow disait que, si on avait harponné des baleines, on aurait pu utiliser l'huile de cétacé pour notre éclairage.

On s'engueula pour savoir si on aurait *vraiment* tué une baleine, dans ce cas.

« Nécessité fait loi », disait-il. Tout ça parce qu'il avait trouvé un vieux livre, et qu'il se prenait depuis pour un Makah, un Indien harponneur de baleines.

On ne savait pas quand ça pourrait finir. On ne savait pas si, quelque part, quelqu'un avait enfin découvert les raisons de cette nuit sur le monde ; si la radio, l'électricité fonctionnaient ailleurs. Ou bien si toutes les villes étaient en proie au chaos, aux émeutes, à la destruction.

Si l'humanité envisageait des solutions.

Si elle avait réinventé la lumière, autrement.

Si on allait disparaître, s'éteindre. Complètement.

On ne savait si Papa allait revenir, ni quand. On évitait d'en parler trop souvent. Mais au fond, on ne se débrouillait pas trop mal. Certains jours, à la fin de la journée, on n'avait pensé ni à la catastrophe, ni à l'avenir, ni à nos parents. On était bien, tous les trois. Et la volière de ZeCrow était une féerie.

39.

Dans la maison, on a un grenier qui servait d'atelier à Papa et Maman, quand ils ont commencé à tout bricoler dans la maison.

Papa a continué seul, aidé de plus en plus souvent par Jacques, après le cancer à la noix et au sein de Maman.

À la fin des travaux, le grenier était destiné à servir de vrai salon pour les amis, les livres, pour regarder des films et accrocher une balançoire. C'était l'endroit des projets, du futur.

En attendant, c'était une pièce immense et en désordre, normalement éclairée par des Velux qui donnaient sur le ciel, une porte-fenêtre au nord, une large fenêtre panoramique au sud – pleine de trous (le plancher est vermoulu), d'outils plus ou moins utiles, de poutres et tasseaux de bois, de vieilles portes, de pots de peinture et de sacs de ciment, récupérés, stockés…

Ça faisait deux mois que les fenêtres donnaient sur le noir quand ZeCrow décida d'y abriter « ses » oiseaux. Vers le mois de juin.

Au début, il en discuta avec deux pies.

Et puis avec la hulotte.

Et ensuite avec des mésanges bleues qui avaient perdu leur nichée.

L'idée venait des pies. La hulotte l'avait trouvée excellente, même si elle n'en avait pas besoin, et préférait la solitude. Les mésanges avaient râlé quant à l'organisation, les détails, parce que ce sont les volatiles les plus irritables du monde.

Mais elles avaient souscrit à l'initiative d'ensemble.

ZeCrow les installa. C'était un endroit pour les nourrir ET les éclairer.

ZeCrow venait y déposer différents assortiments de graines, il en avait emporté pas mal la nuit du pillage. Depuis, c'était devenu l'un des buts de nos promenades : ramasser tout ce qu'on trouvait, sur les graminées, les haies, toutes les graines qui n'avaient pas germé en fleurs et en fruits ce printemps et cet été.

Trouver tout ce qui servirait pour les oiseaux.

On laissait s'avarier des trucs, pour récolter les vers et les asticots. On n'avait pas besoin de beaucoup d'imagination : ce printemps sombre et noir aidait toute chose à pourrir.

Ce qu'il fallait, maintenant, c'était trouver le moyen d'allumer un jour artificiel là-dedans. Je pris les choses en main, en demandant des conseils à Djack. Sinon ZeCrow aurait flanqué le feu à la charpente. On commença par aller piquer de l'huile de tronçonneuse et de l'huile moteur que j'avais repérée dans l'appentis de René Grivel le nazi – en consultant notre frère aîné pour avoir son accord.

On bricola des dizaines de lampes à huile, dans des récipients en verre, avec des mèches en jonc. Ça fumait pas mal, ça sentait horriblement mauvais, ça prodiguait une lumière assez modeste. Mais malgré cette faible lueur, tous les oiseaux pépiaient et lançaient leur concert chaque matin, quand ZeCrow se levait à l'heure où l'aube point normalement, pour lancer le signal du jour naissant – et pour la fumée, on laissait la fenêtre donnant sur la façade sud ouverte en permanence, puisque c'était la seule à laquelle Tigre ne pouvait accéder.

Les oiseaux entrèrent et sortirent par là.

Ils se mirent à pondre. À couver.

Il y eut bientôt une trentaine de nids, sous la charpente, entre les poutres, sous les planches, sur le plancher... ZeCrow avait ouvert la porte à d'autres « réfugiés politiques ».

Et ça piaillait, et ça pondait. Ça se reproduisait.

Plus tard que d'ordinaire dans la saison, mais les oiseaux, il faut croire, savent s'adapter.

Et puis, la plupart des œufs finirent par éclore.

On eut deux familles de chardonnerets, un couple de bruants zizis (mes préférés, à cause du nom) avec leurs petits zizis (hi hi !), des sittelles torchepots (pas mal comme nom, aussi), les deux premières pies, donc (celles qui avaient suggéré l'idée à ZeCrow), et deux autres couples ; et ensuite au moins trois familles de geais, les plus beaux, couleur d'un bleu métallique, des rouges-gorges, deux rouges-queues, une dizaine de mésanges bleues et charbonnières...

Même dans une pièce de soixante mètres carrés avec quatre mètres sous plafond, c'était une frénésie.

Djack nous avait tout laissé faire seuls. Il avait seulement exigé qu'on flanque à la porte le couple de pics épeiches, fabuleusement beaux, mais qui martelaient du matin au soir les poutres de la charpente. Même sans eux, c'était un doux vacarme.

Ça voletait et ça bruissait partout.

Ça chiait pas mal, et n'importe où.

Ça pépiait, ça discutait.

Chaque fois qu'on passait les visiter, trois ou quatre fois par jour, sans compter la cérémonie du lever et du coucher, on voyait ces éclairs de plumes et de couleurs entrer et sortir, dans les guirlandes de flammes de nos lampes à huile qui projetaient leurs ombres si grandes sur les murs.

Ils rapportaient ce qu'ils trouvaient dehors à leurs petits, se disputaient les miettes, s'engueulaient, se charriaient, négociaient, discouraient, commentaient les événements en cours, leur asile provisoire, se plaignaient, coopéraient.

Bref, ils faisaient tout ce que peuvent faire des oiseaux qui normalement ont tout le ciel, toutes les haies, tous les houppiers pour habiter le monde, mais qui acceptent de vivre en coloc' vu les circonstances.

Ils étaient assez intelligents pour cohabiter le temps d'une trêve, renoncer un peu à la concurrence et mettre leur mauvais caractère de côté (même les mésanges).

Avec ses oiseaux, je crois que ZeCrow aurait pu attendre Papa mille ans.

Djack aussi semblait apaisé.

Il avait encore des secrets, ça restait le grand frère. Il avait repris la guitare, parce que c'était le seul moyen d'écouter de la musique, sans électricité. Il s'en servait comme d'un banjo, quand on faisait un feu de joie, dehors. Mais je ne savais pas s'il faisait ça pour nous, ou pour le plaisir.

Il essayait plein de choses.

Le Donjon, bientôt, serait parfaitement adapté à la nuit, et au retour à la bougie. Il avait même tenté d'installer des semis dans le grenier-volière, pour profiter de la lumière des oiseaux, mais rien ne poussa : les lampes à huile ne suffisaient pas pour la photosynthèse.

Ou bien, peut-être que ces chieuses de mésanges avaient mangé toutes les semences, même si elles juraient le contraire à ZeCrow.

Djack m'avait confirmé que c'était lui qui avait posé la croix sur la tombe de Grivel. Des fois, je savais qu'il allait sur cette tombe. Mais on n'en parlait pas. La troisième fois qu'il en était revenu, il avait même rapporté des outils, et surtout de l'essence pour la tronçonneuse, parce qu'il craignait d'en manquer.

Je lui avais donné l'idée, avec l'huile de moteur.

Apparemment, il n'avait pas trouvé le fusil, que j'avais caché dans le toit de l'appentis.

Moi aussi, des fois, je pensais à René Grivel. À cette photo avec un homme, une femme et un enfant. Est-ce que ça n'aurait pas été plus simple de faire comme les oiseaux, lui et nous ? D'apprendre à vivre ensemble, à cohabiter du moins, plutôt que de se pointer un jour pour nous dépouiller, avec un fusil ?

Mais ça ne me hantait pas.

En revanche, à propos de fantômes, Maman me manquait.

Et puis, une inquiétude sourde montait en moi.

Je sentais bien que la tranquillité n'allait pas durer.

Ces trucs-là, c'est un vrai instinct. Je sens quand les choses vont se gâter. Peut-être parce qu'elles se gâtent souvent à cause de moi, il faut l'avouer. Ou peut-être était-ce à cause de deux ou trois choses que j'avais aperçues, aux portes du Royaume, pendant que ZeCrow chassait les vers de terre pour les mésangeaux et les zizis.

40.

Si je lui en avais parlé, Djack aurait dit que j'avais trop d'imagination.

Mais il y eut de nouveaux indices. Inquiétants et irréfutables.

Deux fois de suite, je trouvai des cadavres. Des faons morts, lacérés par ce qui semblait des griffes ou des lames géantes. Mais les cadavres étaient curieusement intacts, sinon.

Peut-être que les petits chevreuils étaient rendus plus vulnérables par la faim. Peut-être que leurs prédateurs étaient rendus plus fous par la nuit infinie, au point qu'ils tuaient sans manger.

Ou peut-être qu'il y avait un assassin, dans nos bois : Hitler ? Des loups ? Un ours ?

Un tueur en série ? René-Grivel zombie ? Une mutation génétique de pieuvre méditerranéenne ?

Un loup les aurait dévorés, au moins en partie. Un chien aurait attaqué la gorge.

J'en parlai à Djack, lorsque je trouvai le deuxième faon.

Il ne me traita pas de mytho.

Il me conseilla de faire attention, et de ne plus descendre hors de portée de voix, seul avec ZeCrow.

La troisième fois, ce fut davantage qu'un faon. Ce fut une chevrette grande comme un demi-poney. Et saignée de frais.

41.

Le jour de la chevrette, on était début juillet. On y voyait mieux, maintenant, parfois le nuage semblait moins épais, un peu de lumière filtrait. Et quand je tombai sur la dépouille dans le sous-bois obscur, j'eus le sentiment d'arriver juste après le drame.

La femelle était presque tiède, et frémissante. La plaie profonde sur son côté suintait encore.

Je n'avais aucune envie de rester seul dans cette clairière avec le cadavre, surtout si celui qui l'avait tué était encore dans le coin.

Je montai prévenir Djack.

Il redescendit les terrasses avec moi.

On avait emporté suffisamment de lumières, deux lanternes et nos frontales. Et il avait pris la masse, en plus de ma machette, et une clochette, pour faire du bruit. On examina le sol.

Pas de traces, pas de griffes d'un quelconque canidé.

On remonta la chevrette suspendue par les pattes avant et arrière à un bâton. C'était de la viande fraîche, la première depuis trois mois. Djack commença de la dépecer, dehors. Je vins l'aider un peu, il en avait jusqu'aux coudes.

Pour une fois, j'étais content de ne pas voir de couleurs. Tout ce rouge...

Même si penser aux futurs repas justifiait ce carnage.

ZeCrow tournait autour de nous et demandait :

– Tu jures que c'est pas toi qui l'as tué, 'Chu ? Tu jures ?

Puis :

– Et vous croyez que c'est quoi qui l'a tué ? Un loup ? Un renard, ça pourrait être un renard ?

Il semblait un peu inquiet.

Je répondis :

– T'as vu les griffes, Crow ? C'était une hyène. Une sale hyène clepto-parasite. Avec le physique de ta maîtresse.

Ce soir-là, il plut. Tiède, et noir. Une pluie crasseuse de suie qui avait traversé les cendres ou les poussières.

On ne cuisina pas un festin de chevrette. Djack disait qu'il fallait que la viande repose quelques jours.

On se fit des raviolis (mais sans ananas, on avait déchargé ZeCrow de la cuisine).

Et j'annonçai à mes frères ce que je pensais :

1 – La dérive génétique avait commencé.

2 – Des monstres approchaient. L'un d'eux avait sans doute tué la chevrette.

3 – Bientôt, même les araignées du sous-bois auraient la taille de veaux.

— Si elles deviennent grosses, tu crois qu'on pourra les traire ? demanda ZeCrow.

— Les araignées n'ont pas de lait, ce ne sont pas des mammifères, objecta Djack.

— Dans ce cas, on pourrait manger leurs œufs... proposa ZeCrow. Elles en font plein !

— Dégueu ! dis-je.

— Mais on pourrait voler leurs toiles arachnéennes, au moins ? Pour s'en faire des vêtements ?

Ça y est, il plaçait son vocabulaire. Pour nous impressionner.

— Ou peut-être les tondre, vu qu'elles sont poilues, rigola Djack.

Ni l'un ni l'autre ne prenait mes réflexions au sérieux.

Alors on joua. On essaya d'imaginer la dérive génétique la plus effrayante possible dans le Royaume.

On tomba finalement d'accord : le pire du pire, ce serait que Hitler trouve une femelle hyène pas regardante, la séduise, l'épouse, fasse des petits et qu'ils deviennent une meute.

Si on n'avait pas commencé à parler de ça, d'une attaque, et de rôdeurs nocturnes, on n'aurait peut-être pas été sur nos gardes, quand *ça* arriva, huit soirs plus tard.

On ne les aurait pas entendues.

42.

Mais avant ça, il faillit se produire un autre genre de drame.

Un matin, alors que je dormais encore, un cri me réveilla en sursaut.

ZeCrow ! Je me précipitai dans le grenier.

Il y était, mais je ne vis que sa silhouette gesticulante, et son ombre.

Je vis surtout une mare de flammes, entre lui et moi. Il avait renversé une des lampes à huile, juste après l'avoir allumée. Elle s'était brisée sur le plancher, renversant son liquide inflammable. Dans une pièce pleine de planches, lambrissée, charpentée de bois...

Je fus saisi, interdit deux secondes.

Une silhouette jaillit à mes côtés.

Djack avait entendu le cri de notre frangin, lui aussi.

Il s'était rué. Mais il avait eu plus de sens pratique, ou de réflexe, ou d'esprit de déduction que moi : il avait arraché sa couverture en se levant.

Il se jeta sur le feu, l'étouffa en le frappant avec la couverture, se retourna pour me gueuler :

– Du sable, faut l'éteindre ! Pas d'eau !

Je dégringolai l'escalier.

Quand je remontai avec un seau de sable, c'était déjà presque fini.

Djack était torse nu, il devait avoir utilisé son T-shirt aussi pour étouffer les flammes. Il piétinait les dernières flammèches, comme s'il dansait sur les braises. Le plancher était noirci. Son bras gauche avait noirci. Ses sourcils avaient roussi. Ses cheveux sentaient le poulet grillé.

ZeCrow se tenait à côté de lui, se tordait les mains, de la morve au nez, des larmes plein les joues :

– Je suis désolé, Djack... J'ai pas fait attention, je suis désolé.

43.

On dit à ZeCrow de ne rien toucher, pour l'instant.

Je fis deux trajets avec des seaux pour verser de l'eau sur le bois encore tiède, maintenant que l'huile était éteinte.

Puis je descendis aider Djack à se soigner.

Il tournait en rond, sans un gémissement, les dents serrées, comme il fait lorsqu'il a très mal.

On s'installa dehors, j'allais à la source pour avoir un débit d'eau correct, et pendant dix minutes, j'alternais les allers-retours à l'abreuvoir, puis je versais les arrosoirs sur sa plaie au bras. Le reste était superficiel, mais là, c'était méchamment noirci.

Il souffrait le martyre, je le connais.

On lava ensuite ses brûlures avec ce qui nous restait de désinfectant, je mis du coton et du sparadrap.

J'ignorais que c'était une erreur, sur une brûlure au deuxième ou troisième degré.

44.

Je l'ignorais encore quatre jours plus tard.

À ce moment-là, Djack s'occupait de son bras tout seul, le matin et le soir. Il nettoyait les bandes Velcro tous les jours, au savon de Marseille, et les mettait à sécher sur le fil à linge, dehors.

C'était le soir.

Pas encore tout à fait la nuit, peut-être, mais fin juillet, elle met un temps infini à tomber. Et les étoiles normalement apparaissent une à une, au cours de ces soirées-là, comme de minuscules lampadaires que quelqu'un allumerait progressivement.

Là, il y avait juste les cieux noirs. Mais ils avaient été un peu plus clairs que la veille, aujourd'hui. Noirs clairs. Presque gris.

En avait-on fini avec la nuit ?

Bientôt, on espérait qu'on y verrait presque.

On dînait dehors. Autour d'un feu. C'est moi qui l'avais allumé.

L'atmosphère était belle. Il faisait doux. Avec mon frère, j'avais installé la guirlande électrique à piles, pour donner un air de fête. Djack grimaçait quand il faisait ce genre de trucs, son bras lui faisait mal, je le voyais, même s'il n'en parlait pas.

Il avait refusé que je goûte la bière, et qu'on fasse cuire des brochettes de chevrette.

– Trop tôt, il avait répété. On attend encore une semaine. Sinon, on va se choper une pure diarrhée.

Le risque de tomber malade, ou de s'empoisonner, c'était vraiment son obsession. On n'avait pas de médicaments pour ça...

Alors, à la place des grillades, il avait insisté pour que je prépare du taboulé en boîte, et des fruits au sirop, un truc un peu équilibré et qui sentait l'été.

ZeCrow faisait mousser son Coca en jetant des Mentos, un par un, dans son verre.

Tout à l'heure, on grillerait des Chamallows sur le brasier, mais je garderais mon petit frère à l'œil, comme je le surveillais désormais dans le grenier avec les lampes à huile, le matin et le soir.

Tigre tournait en rond, contrarié : il savait que normalement, en cas de barbecue, il aurait dû avoir le gras des côtelettes.

Alors du taboulé... Il maugréait.

Mais sa balafre évoluait bien.

Tout d'un coup, Djack posa sa guitare, se leva et dit :

– Il y a quelque chose ou quelqu'un, en bas.

On se raidit, on tendit l'oreille.

Un bruit, de nouveau. Cette fois, on l'entendit tous les trois.

Une porte grinçait. Là, en bas, dans les ténèbres, au pied du Donjon.

Ou bien alors, un animal se raclait les griffes sur une pierre de taille. Genre une hyène hitlérienne opportuniste.

45.

Djack attrapa un marteau qui traînait là. Heureusement que son bras droit restait valide.

Je pensai au fusil. Je n'aurais pas dû le laisser dans l'appentis de René-Grivel-le-voisin-nazi, trop loin de chez nous pour ce genre d'urgence. La prochaine fois, il faudrait que je...

Il faudrait déjà que j'apprenne à m'en servir.

Je me tournai vers ZeCrow, qui attendait, les sourcils froncés pour se donner l'air décidé et farouche – mais figé, paralysé.

– Monte te planquer ! je lui lançai. Emporte les Mentos, mais pas le Coca, tu vas tout tacher !

– Toi, prends une torche, me dit Djack, qui tournait sur lui-même, en cherchant une meilleure arme que son marteau.

Je ne savais pas s'il me parlait d'une lampe électrique ou d'un des bouts de bois qui flambaient. Je me dis qu'avec du feu, on aurait l'air plus impressionnants. Surtout pour des animaux.

Même Shere Khan a peur du feu...

Je saisis un bâton, dont les flammes dansaient, et aussi une fourchette, même si ça ne servirait pas à grand-chose contre une hyène, ou un chiot de Hitler.

On traversa la terrasse l'un derrière l'autre.

On tourna pour emprunter l'allée qui descendait vers la cave, avec l'impression de plonger dans les ténèbres.

Je me portai à la hauteur de Djack, pour éclairer nos pas avec la torche. Nos ombres tremblaient à la lueur des flammes.

– Il y a quelqu'un dans le pick-up de Grivel, chuchota Djack.

46.

On n'avait pas touché à la voiture depuis la visite mortelle du nazi. Elle était encore garée là, à quelques mètres de la porte de la cave.

Et moi aussi, comme lui, je venais de voir les lumières rouges des phares arrière, qui avaient clignoté brièvement.

J'entendis une portière claquer.

C'est elle qui avait grincé, sans doute.

Est-ce que le « visiteur » venait de s'enfermer dans le pick-up, ou d'en sortir ?

En tout cas, c'était probablement un humain. Les monstres n'ouvrent pas les voitures.

Je crus voir une ombre noire dans l'obscurité de la nuit. Elle courut vers la cave, entrouverte, allumée.

La pièce s'éteignit au moment où elle y entrait.

– Y a au moins une autre personne dans la cave, dit Djack, toujours très bas.

Il tendit sa main devant moi, pour que j'arrête d'avancer.

– Je vais voir... dit-il.

Il avait brandi le marteau, comme s'il se préparait à s'en servir. Je savais qu'il frapperait s'il le fallait, pour nous protéger.

Protéger notre survie.

Nos provisions.

– Non, je viens avec toi.

S'il avait été seul, je pense qu'il aurait couru, courbé en deux, et se serait glissé dans la cave pour surprendre l'ennemi. Les ennemis, ils étaient plusieurs...

Mais là, à deux et avec ma torche, on adopta la tactique de l'approche franche – nos ombres formidables sur la façade, c'étaient celles de deux mecs sûrs d'eux, maîtres du lieu, et qui viennent débusquer le rôdeur, tranquillement.

Parce qu'ils ont la puissance de feu.

C'était du bluff, bien sûr.

– Qui va là ? ! cria Djack quand on fut à un mètre de la porte.

Ça me surprit. On se serait cru dans un film de chevaliers, ou de guerre.

Personne ne répondit, mais peut-être qu'ils n'avaient pas compris, à l'intérieur. Personne ne demande « Qui va là ? », normalement, ce n'est pas une question normale.

Je réalisai fugacement que Jacques aussi, des fois, il devait vivre dans un film.

– Sortez les mains en l'air ! ajouta-t-il, toujours très haut.

Il avait une voix d'homme, ça me frappa.

Il était devenu un homme en trois mois.

Pas un bruit, pas un mouvement, à l'intérieur.

– On va entrer ! lança-t-il.

Il me jeta un coup d'œil, j'approuvai.

– Et on est armés, mentit-il.

Son marteau. Ma fourchette.

Bof, vraiment.

47.

Dans l'encadrement de la double porte ouverte, je savais qu'on formait une cible idéale.

S'ils étaient armés, on s'éclairait nous-mêmes pour leur faciliter le boulot...

Mais on avança quand même.

Au moment de franchir le seuil, Djack voulut me bloquer, de nouveau, mais je fis « non », de la tête, et passai le premier, la torche brandie.

Et dès que j'entrai, je la vis.

C'était une fille. Enfin, une jeune femme. Une grosse vingtaine d'années. Les cheveux blonds décolorés.

Un petit top rose vif, une petite jupe très courte, des baskets, pas vraiment la tenue d'une maraudeuse, d'une pilleuse de cave. Ni d'une rôdeuse surarmée.

Elle en avait pourtant plein les bras, de nos provisions.

Il y en avait aussi deux sacs à dos remplis, par terre, qui débordaient, et quelques boîtes éparpillées à ses pieds – sûrement s'était-elle figée quand elle nous avait entendus.

Elle ouvrit la bouche, la referma.

Djack dit :

– Vous faites quoi chez nous ?

– Vous... Vous avez des provisions. De quoi manger. En ville, on trouve plus rien à manger, tout le monde est parti et... Et nous, on n'a plus rien.

– Nous ? Vous êtes plusieurs ?

Elle hésita, approuva timidement.

– Combien ? Vous êtes armés ?

Elle secoua la tête, puis dit seulement :

– Deux...

Je rangeai ma fourchette dans ma poche, lançai la torche sur le sol, devant moi, pour me libérer les mains. Dans la terre battue, les flammes continuèrent de brûler un peu.

– Nous, on est deux, mais armés comme des porte-avions, dis-je, en ouvrant brièvement ma veste et en la refermant, comme si j'avais montré une arme dans un holster. Alors vous allez partir. Maintenant. Les mains levées bien haut.

Je sortis de ma poche la torche électrique, la braquait dans ses yeux, pour l'aveugler.

– Vous êtes dans un stock stratégique constitué par l'État. C'est une réserve destinée à servir quand il n'y aura vraiment plus rien, sur le territoire.

Elle voulut répondre mais je ne lui en laissai même pas le temps.

– Notre père est chargé de l'administrer. Il est absent ce soir, coup de bol pour vous. Vous avez voulu voler notre bagnole, et piller des stocks nationaux. C'est un crime fédéral.

Mon frère s'était tourné vers moi.

Je vis de l'admiration dans ses yeux : comment étais-je capable de mentir *aussi bien*, d'improviser *si* facilement ?

Dans le rond de ma torche électrique, la jeune femme semblait réellement paniquée.

Avec ce genre de discours, c'était certain que jamais, jamais elle et son complice n'oseraient revenir...

– C'est super grave, insistai-je. Extrêmement. On veut bien fermer les yeux, et vous laisser partir, avant que notre père revienne – mais avant, on va devoir relever votre identité, vous fouiller, vous et votre comparse, et...

– Put***, mais c'est ce co****d de Mytho ! fit une voix que je connaissais, dans la partie de la cave qui demeurait dans l'ombre.

Cette voix...

Et cette grossièreté avec des airs de petite fille...

Je braquai ma torche à piles dans cette direction.

Une deuxième fille fit quelques pas en avant, et sortit de l'obscurité. Une fille franchement plus petite, plus trapue que la grande jeune femme blonde.

Elle, elle était brune. Elle plissait les yeux, éblouie.

Elle ne pouvait sans doute pas me voir.

Mais de toute façon, elle plissait les yeux comme ça dès qu'elle enlevait ses lunettes. Et là, elle ne les avait pas sur le nez. C'est pour ça qu'au collège, on l'appelait « la Taupe ».

Ou « Miro ». Ou « le Rat », surtout (ça, c'est à cause moi). Ou « TMRT » (ça, c'est encore moi qui l'ai trouvé, je vous expliquerai).

Elle dit :

– Tu peux être sûre d'un truc, Nath, c'est que tout ce que cet enf**** vient de raconter est intégralement faux. Ce mec, je le connais. Il ment comme il respire.

48.

– Vous… Vous êtes qui ? bredouilla Djack en baissant son marteau.

– Nath', dit la jeune femme. Nathalie Camper. Mais tout le monde dit « Nath ». Et Camille.

J'approuvai.

– Ouais, c'est la vérité, Djack. Camille Camper…

– Et lui, c'est Léo Fourchade, *alias* Mytho-Man, enchaîna la Taupe. Et toi ?

– Jacques. Jacques Fourchade. Son frère aîné.

Un silence.

Ces présentations avaient fait baisser la tension de plusieurs crans.

Les rôdeurs, c'était une jeune adulte paniquée et une môme de cinquième qui me connaissait. Clairement, on n'allait pas s'entretuer.

– Vous foutez quoi chez nous ? je demandai.

– C'est... C'est vraiment un stock national ? demanda Nath.

– Non, fit Djack en haussant les épaules. Ce sont nos provisions. Mais c'est pareil, personne ne vient se servir comme ça...

Il désigna les emballages de barres chocolatées ouverts, au pied de Nath.

– ... Même si apparemment vous avez commencé, ajouta-t-il.

Il semblait presque s'en amuser, maintenant que le péril était écarté.

– On... On a faim, répondit la sœur de TMRT. Je ne vous ai pas menti. Ça fait trois jours qu'on a dû quitter la maison, on ne s'est même pas lavées, on n'a rien mangé, et...

– Comment vous avez trouvé notre réserve ? la coupa Djack, qui voulait avoir l'air dur.

Mais j'entendis dans sa voix que sa résolution faiblissait à chaque réponse.

– C'est une longue histoire, c'est...

– Pas le temps de l'écouter, fis-je. Vous prenez deux-trois trucs, et vous vous barrez. *Pronto !*

– On n'a nulle part où aller... gémit Nath.

– Fallait pas quitter votre chez-vous, dans ce cas. On n'y est pour rien.

Djack se tourna vers moi.

Cette fois, je ne lisais plus aucune admiration dans ses yeux.

De la surprise, plutôt, et un peu de désapprobation, devant mon inébranlable fermeté.

– On pourrait peut-être... dit-il, sans finir sa phrase.

– Non, pas question, répondis-je.

– Toujours aussi sal***, dit le Rat. Tu changeras jamais.

– Camille ! l'admonesta Nath.

– Quoi ? ! C'est pas vrai, qu'il se comporte comme une ordure ?

J'allais lui dire qu'elle aille se faire cuire quelque chose. Un œuf, ou la partie la plus rebondie de son anatomie. Mais qu'elle aille le faire cuire ailleurs. Loin de nos repas. De nos soirées sous les guirlandes. Loin du Donjon et du Royaume.

Et j'aurais ajouté aussi que je ne voyais vraiment pas *pourquoi* je changerais, au prétexte qu'elle venait me cambrioler avec sa face de taupe.

Mais Djack me coupa l'herbe sous le pied. Il dit :

– Juste pour quarante-huit heures, alors... Le temps que vous vous reposiez. Que vous nous racontiez cette fameuse « longue histoire ». Et que vous nous disiez ce qui se passe, en bas.

Je soupirai et levai les yeux au ciel. Nathalie mit sa main à sa gorge, comme si elle osait enfin respirer – et soupira. TMRT me fit un clin d'œil, puis un doigt d'honneur.

Djack dit :

– 'Chu, tu leur prends de quoi dîner. Et vous, vous me suivez ?

49.

La Taupe. Le Rat. TMRT.

Cette fille était une imbécile, une casse-pieds et une calamité.

Elle avait débarqué dans notre classe à la rentrée dernière. Importée d'on ne savait où.

Elle paraissait deux ans de moins que nous, à peine dix ans, avec des grosses lunettes, alors la rumeur courut d'abord qu'elle était « surdouée », à « haut potentiel ». Disons une intello.

Dès le début, on comprit qu'elle allait être envahissante.

Elle ne restait pas à sa place de nouvelle. C'était le genre de personne qui, quand vous racontez quelque chose, a toujours un autre truc à dire, pour surenchérir : « Eh ben moi... » Et elle vous sort dans la foulée une histoire qui n'a rien à voir. Parce qu'elle veut que le monde tourne autour de son nombril.

Au lieu de tourner autour du Soleil.

La première fois que ça avait vraiment clashé, entre nous, c'était dans la cour de récré, dix jours après la rentrée. On jouait au foot. Les filles formaient des groupes épars de causeuses autour du terrain, qui est au centre, et sur lequel on s'escrimait. Sauf Myriam et France, qui jouent avec nous parce qu'elles sont cool.

Dylan tira trop fort, largement à côté du but. Et le ballon alla frapper le Rat, qui ne s'appelait pas encore le Rat, dans le dos. Presque à la nuque, à deux doigts de la tête.

Ça dut la surprendre, elle chancela, et ses lunettes tombèrent par terre.

Elle les ramassa, prit le temps de vérifier les dégâts.

On allait s'excuser.

Elle se retourna sans les remettre, et elle dit à Dylan :

– Fils de p***, tu peux apprendre à tirer dans un coin, au lieu de nous faire ch*** ?

On fut tous estomaqués.

Qu'une gamine de cinquième ose parler comme ça à Dylan.

– Répète ce que t'as dit...

– J'ai dit : « Fils de p***, tu peux apprendre à tirer dans un coin, au lieu de nous faire ch*** ? » D'ailleurs, ça vaut aussi pour tous les autres.

Ce serait pas mal que vous vous *footiez* dans un coin un jour sur deux, histoire que nous aussi, on profite de l'espace.

Elle venait de montrer les autres filles, en disant « nous ».

Deux ou trois approuvèrent, mais timidement.

Les autres regardaient, les yeux écarquillés, sans prendre parti.

– T'as dit que ma mère était une p*** ? fit Dylan en faisant deux pas vers elle, menaçant.

– Ouais. Et je dis qu'en plus, elle est bien co***. Moi, je ferais pas un boulot aussi pénible juste pour gagner de quoi te payer tes fringues de nase.

Là, en termes d'audace ou d'inconscience, ça dépassait tout ce qu'on avait jamais imaginé : Dylan adore ses survêtements et ses baskets.

– D'ailleurs, elle ferait mieux de te payer des cours de foot, ajouta-t-elle en se tournant vers les autres filles, pour provoquer des rires.

Mais les filles étaient trop sidérées pour lui apporter leur soutien, former un front commun derrière elle.

Elle découvrit qu'elle était seule. Parfaitement seule.

Elle faisait une tête de moins que lui...

– Elle a des lunettes, dit Danny.

Parce que Danny cherche toujours le mot qui sauve la peau à tout le monde.

– Myope comme une taupe, fit Léo.

(Pas moi, l'autre Léo.) Parce que c'est le genre à attaquer sur le physique.

– Non, fis-je. Comme un rat taupier. Les taupes, elles font pas chier, elles restent sous la terre. Les rats taupiers, quand ils se pointent dans ton jardin, ils foutent tout en l'air, comme s'ils étaient chez eux. Et ils occupent toute la place.

Dylan se retourna vers moi, et ricana en me frappant l'épaule.

– T'as raison, Mytho, c'est un rat, cette fille. T'entends, le Rat ? Si t'espères nous prendre notre terrain, on va s'occuper de toi comme on s'occupe des taupiers...

Il eut un geste du pouce le long de sa gorge.

– La guillotine, ça te parle ?

*

Après ça, ils l'appelèrent tous « le Rat ».

Quand ils la croisaient, ils disaient qu'elle était sale, qu'elle filait la peste. Et quand elle se pointait dans la cour, quelques-uns des grands essayaient de la viser avec le ballon de foot, en tirant des boulets.

Alors le plus souvent, pendant les récrés communes, elle restait sous le préau, ou dans les toilettes.

Un jour, Dylan et deux de ses potes ramenèrent au collège un gros pétard qu'on utilise pour chasser les rongeurs nuisibles, et ils le firent exploser dans son cartable.

Je me sentais un peu responsable.

C'est moi qui avais parlé de rat le premier, et les copains du bourg ne connaissaient pas les campagnols, autrement appelés rats taupiers. Ils sont ravageurs, mais mignons.

Au fond, moi, je la trouvais *presque* mignonne, avec son regard myope, ses allures de gamine, sa façon d'être boudinée dans des vêtements de pétasse qui n'allaient pas avec sa corpulence. Elle avait une mine perdue dès qu'elle arrêtait de nous insulter. Elle me faisait *presque* pitié.

Alors, avec mes deux ou trois potes de classe, on adopta un autre surnom, pour parler d'elle : « Taupe, mais rat taupier. » TMRT.

On trouvait ça moins cruel, et plus marrant, que juste « le Rat ».

*

Une fois, après le deuxième contrôle de maths du trimestre, le prof la fit venir au tableau pour lui faire refaire un exercice qu'elle avait massacré. À ce moment, on avait tous compris qu'elle n'était ni HPI, ni surdouée, ni rien. Elle avait juste notre âge, l'air plus jeune et des lunettes. Et son niveau lui permettait à peine de se maintenir au-dessus de la ligne de flottaison.

Elle y passa presque toute l'heure, au tableau. On avait l'impression d'assister à une séance de torture.

Le prof de maths aimait ça, il faut croire, l'éducation par l'humiliation.

Ce jour-là, elle avait un top rose à paillettes « I am a star » sur son ventre plein de plis, et je voyais le sourire cruel des filles, qui chuchotaient entre elles.

Elle ne pouvait pas ne pas les voir, elle aussi.

Moi, je suis plutôt bon en maths. Quand on sortit de classe, je lui dis :

– Dis donc, toi, ta mère, c'est pas des cours de foot, qu'elle devrait te payer... Tu sais compter jusqu'à 10 ? T'as besoin d'aide ?

Franchement, ce n'était pas dit de façon sympa.

Mais *franchement*, je lui proposais de l'aide.

– Va te faire f*****, fils de p***, répondit-elle entre ses dents.

– T'as dit quoi ?

Je l'attrapai par le col de son top rose.

Danny s'interposa, lui dit :

– Wowowo, cool, Camille... Tu peux pas dire ça à LF comme ça... Sa mère, elle est morte quand il avait sept ans, alors tu la laisses en dehors de vos histoires...

C'est vraiment un type chouette, Danny.

Genre un Casque bleu.

Le genre de type à vouloir éviter les conflits.

Trop vertueux pour être un ami, mais trop précieux pour qu'on se passe vraiment de lui.

Je vis le regard myope changer derrière les verres de TMRT. Une ombre passa sur son visage.

– Excuse-moi... dit-elle. Je voulais pas, je savais pas, je...

Elle changea de ton.

– Puis c'était pas dit méchamment. Ma mère, c'est une p*** aussi.

On en resta sans voix.

On se demanda si c'était une pirouette, ou si c'était vrai. On ne savait pas qui c'était, sa famille.

*

Deux jours plus tard, elle vint demander à Danny des explications, sur le nouveau surnom qu'on lui donnait – elle avait entendu Augustin le dire à voix trop haute.

– C'est Mytho-Man qui t'a trouvé un autre nom, répondit-il, un peu gêné. Il trouve que « le Rat », c'est trop con et trop cruel.

Quand elle sut que c'était moi, le vague espoir qu'il y avait dans ses yeux s'évanouit.

– TMRT, j'ajoutai. Ça veut dire « Taupe, mais rat taupier ». Mais *c'était pas dit méchamment*, comme tu dis...

– Ça porte pas la peste, les campagnols, fit Augustin. C'est même mignon. Bouboule, un peu, mais mignon.

– Et mon père est un campagnol, j'ajoutai, cette fois pour me venger.

Elle me cracha sur les pieds, et dit :

– Va bien te faire cuire le c**, Langue Fourchue.

Après ça, on ne se parla plus trop.

Jusqu'à ce soir.

50.

J'avais pris une boîte de couscous, une de betteraves en dés, une de céleri, deux packs de crème au praliné, des biscuits. Un festin.

Quand j'arrivai sur la terrasse, elles s'étaient assises autour de la table, avec Djack et ZeCrow.

Je leur annonçai le menu.

– Ça vous ira ? Vous voulez autre chose ?

Mais Nath fit « non » de la tête. Elle avait l'air soulagée, enchantée, ses yeux brillaient.

Et TMRT, qui me tournait le dos, ne dit rien.

En fait, c'était comme si je ne comptais pas trop.

Comme si j'étais le domestique.

– Tu veux que j'aille préparer tout ça ? demanda Djack en se levant à moitié.

– Laisse tomber, répondis-je.

Ça m'arrangeait d'aller dans la cuisine. Je lui en voulais de les avoir invitées. Et je n'avais pas envie d'entendre la Taupe pérorer.

51.

Quand je revins sur la terrasse, avec deux bols de crudités assaisonnées de vinaigrette et le couscous dans un plat fumant, j'avais re-faim, rien qu'à l'odeur.

Mes frangins leur avaient mis le couvert. Ils écoutaient Nath parler, à voix presque basse, une voix éraillée, fatiguée, plus âgée peut-être que ce qu'elle semblait.

Djack se tourna vers moi.

– Nathalie dit qu'il n'y a eu aucune arrestation, la nuit du dimanche au lundi où Papa nous a emmenés piller. Elles ont tout vu. Les flics étaient pas là, paraît-il. En revanche, il y a eu des morts et des blessés, presque une bataille rangée.

Mince.

Mauvaise nouvelle.

– Des gens ont été emmenés à l'hôpital le lendemain, approuva la fille. À Grenoble, il paraît.

Ça, en revanche, c'était une nouvelle un peu moins mauvaise.

À la limite, l'hosto, c'était même presque mieux comme explication que la prison... Papa blessé, trop gravement pour revenir tout de suite, mais pas trop non plus : c'était la meilleure option, même. Il était soigné. Il allait s'en remettre.

Ça expliquait son absence, et ça pouvait laisser espérer qu'il reviendrait.

Même amoché.

Djack semblait suivre le fil de mes pensées. Il approuva des yeux.

– Et Nath dit que l'eau courante a été coupée il y a cinq jours, en ville, ajouta-t-il. Le bourg est vide, maintenant. Ils ont eu l'électricité deux semaines de plus que nous. Plein de gens sont partis après les coupures d'électricité, d'autres après l'eau.

– Les magasins de nourriture étaient déserts depuis un mois. La gendarmerie les avait alimentés le premier mois, mais plus du tout, ensuite. On s'est débrouillées un temps en visitant les appartements vides, mais désormais, il n'y a plus rien.

– Et pourquoi vous êtes pas parties, vous ?

– On n'avait pas de voiture. Et personne ne nous a proposé de...

– Tu m'étonnes, la coupai-je.

Je me tournai vers mon frère.

– Bon. C'est pas des bonnes nouvelles. Ça va être compliqué, du coup. Il va forcément y avoir des rôdeurs par chez nous. Y en a déjà deux, ce soir, des rôdeuses...

Ce n'était pas dit agressivement, mais comme un constat. Tout le monde me regarda sans commenter.

Silence.

Nathalie se tourna vers Djack.

– Et vous, vous avez survécu comment ?

– Je t'ai dit, notre père nous avait mis à l'abri, en allant chercher des provisions. Et on est branchés sur l'eau de la source. On a encore un peu de réserves de bois, des bougies, des piles... Et je vous ai expliqué, le voisin ne nous ennuiera plus.

Il avait baissé la voix, mais je compris que j'avais raté cet épisode...

Il avait raconté la mort de Grivel.

J'aurais aimé savoir comment, quels détails il avait donnés.

– Et vous, intervins-je, comment vous vous retrouvez là ? Chez nous ? Un hasard ?

Je devais avoir l'air soupçonneux.

Agressif.

– On rôde, tu l'as dit, intervint TMRT. On maraude.

– En fait, on savait qu'il y avait des vergers, dans le coin, on voulait voir s'il ne restait pas des fruits. Ou même une source. On a fait un sac pour deux jours. Et on s'est perdues dans le noir. Ça fait trois jours que...

– Et vous lui vouliez quoi, à la voiture ?

Djack eut un mouvement de sourcils pour me dire : « Ne prends pas les choses sur ce ton, s'il te plaît. »

– On voulait voir s'il y avait pas les clés et un peu d'essence. On vous l'aurait volée pour se barrer dans la vallée.

La sincérité de la réponse de Nathalie me désarma.

– Tu sais conduire ?

– J'ai vingt-sept ans...

– Et vos parents, ils sont devenus quoi ? j'ajoutai, pour être moins antipathique.

– Nos... nos parents ? demanda Nath.

La Taupe cligna des yeux, fronça les sourcils, surprise.

– Ben ouais, votre mère et votre père ? Vous les avez perdus ? Vous viviez entre sœurs ?

Elles se regardèrent.

TMRT sourit.

Nath ouvrit la bouche, secoua la tête, puis éclata de rire.

– Ah non, mais en fait, je suis la mère de Camille. Je l'ai eu à quinze ans. Et elle n'a jamais connu son père.

52.

– Sa… Sa mère ?

La Taupe me regardait.

Elle prit une mine suppliante, soudain, et mit un doigt sur ses lèvres.

Je ne demandai pas : « Ah, c'est vous, la pute ? »

53.

– C'est... C'est pour ça que... que vous avez l'air super jeune.

– Et vous travailliez où, à LaFayette ? demanda Djack. Vous viviez où ?

– Chez Émilie... la coiffeuse, dans la zone commerciale... Et elle nous avait laissé un deux pièces au-dessus du salon. C'est pour ça qu'on a tout vu, la nuit du pillage.

– T'es coiffeuse ? demanda ZeCrow, une expression un peu dégoûtée sur le visage.

– Je faisais le ménage, l'accueil, et j'apprenais le métier. Apprentie, quoi.

Elle rit, soudain, de façon très gaie.

– D'ailleurs, à vous voir, j'imagine que vous allez avoir besoin de moi !

On se dévisagea, Djack, ZeCrow et moi : on avait les cheveux emmêlés, des vraies tignasses.

Des hommes des bois. Djack avait même une barbe de quelques jours.

Avant, c'était Papa qui rafraîchissait notre coupe quatre fois par an.

Là, on avait un peu négligé l'affaire. Comme pour notre façon de nous habiller. Comme pour tout le reste du secondaire.

– On verra demain, répondit Djack. On fera chauffer de l'eau pour que vous puissiez prendre des douches. Et on verra, pour nos tignasses. Mais je vous préviens, ZeCrow aime pas le shampoing.

– Et moi, je me trouve très beau comme ça, dis-je.

TMRT gloussa.

– Beau ?

Suffisamment fort pour que je l'entende, suffisamment longtemps pour me défier du regard.

– En attendant, finissez votre dîner, et on va tous dormir...

Jacques les installa dans la chambre de Papa, au rez-de-jardin. Il aida Nath à changer les draps.

Quand il monta nous dire bonsoir, je lui dis :

– Quarante-huit heures, frangin. Pas une minute de plus.

Il hocha la tête.

– Oui.

Une pause.

– On verra.

On souffla nos chandelles. Quand on fut dans le noir, ZeCrow me demanda :

– Tu crois que Papa est à l'hôpital ?

– J'en sais rien. Peut-être. C'est pas forcément la pire nouvelle...

– Et ta copine, Camille... Tu l'aimes vraiment pas du tout ?

– La Taupe ? Non.

– Mais elle a l'air un peu marrante, quand même, insista-t-il.

– Non, non. Je t'assure, tu verras demain... Allez, on dort.

54.

Le lendemain, quand je me réveillai, ZeCrow n'était pas dans notre chambre.

Je le sus, dans le noir, rien qu'à l'absence. Son lit était vide.

Ça n'était pas inhabituel, désormais, mais il n'avait plus le droit d'aller allumer le grenier tout seul.

Et ce qui était curieux, aussi, c'était que j'avais le sentiment qu'on m'avait laissé dormir plus longtemps que d'habitude, que j'entendais des voix, dehors.

Personne n'était venu me réveiller.

J'ouvris la fenêtre.

Ils avaient tous commencé leur journée...

Dans le coin de jardin à côté de la terrasse, Djack avait déjà allumé le feu des jours d'eau chaude.

Nath, la grande fille blonde, faisait des allers-retours vers la cuve d'eau de pluie, avec un jerrican, pour remplir le ballon sous lequel il tisonnait les bûches.

TMRT était assise à la table de la terrasse, les jambes battantes sous elle. Pile sous les guirlandes. Elle buvait un verre de lait, en mangeant les biscuits que j'avais remontés la veille. ZeCrow discutait avec elle.

Je devinai qu'il l'avait déjà emmenée voir sa volière, au grenier.

Je devinai qu'on ne m'avait pas réveillé parce que j'étais la pièce de trop, que sans moi le puzzle s'assemblait mieux.

Ça me mit une sorte de tristesse, ou de rage, au cœur. Celle que j'avais tous les matins en passant les grilles du collège. Que je laissais derrière moi, le soir, en descendant du bus scolaire, et en revenant sur les terres du Royaume.

Même chez moi, j'étais exclu, désormais ?

Je m'habillai vite fait et dévalai l'escalier.

Djack était passé dans le cellier, entre-temps.

Il entra dans la cuisine alors que je m'apprêtais à la quitter, après m'être servi de fromage, de céréales, pour aller manger dehors sous la guirlande. Il me héla :

– 'Chu, attends ! Viens voir !

Je m'arrêtai et attendis ce qu'il avait à me dire.

– Ce serait sympa que tu appelles Camille par son prénom. Nath m'a parlé du surnom que vous lui donniez au collège. C'est très con.

Je fis mine de réfléchir, trois secondes.

– Et toi, tu viens de m'appeler comment ? je répliquai.

Je ne lui laissai pas le temps de répondre, je sortis avec mes céréales.

La Taupe déjeunait, assise en face de ZeCrow. Ils discutaient de choses et d'autres concernant le grenier. Apparemment, elle savait déjà qu'il pouvait parler aux oiseaux. Elle lui suggérait de proposer aux pies tel ou tel aménagement.

– On faisait ça, en Normandie. Ça leur plaisait vachement, aux pies.

Elle se tourna vers moi.

– Ton frère m'a montré les nichées. C'est guedin, ce que vous avez fait.

– Tu viens de Normandie ?

– Ouais... Entre autres.

Elle n'avait pas l'air de vouloir s'étendre, mais ne semblait pas agressive comme hier soir. Elle me regardait de son regard de myope, les yeux plissés, sous la guirlande. Attendant ma remarque suivante. Comme rien ne vint, elle dit :

– J'adore les geais. J'avais jamais observé de petits geais d'aussi près.

– T'as pu les voir quand même, sans tes lunettes ?

C'était dit un peu abruptement, mais sans méchanceté.

Elle me dévisagea, tentant de savoir si je me moquais d'elle.

– T'en as fait quoi ? j'ajoutai, pour bien signifier que j'étais dans le camp des gentils.

Puisque Djack me le demandait.

Puisque c'était la condition pour faire partie de la bande.

Et puisqu'en un sens, je ne crachais pas sur l'idée d'avoir une copine pendant deux jours...

– Cassées il y a trois semaines, répondit-elle. Et figure-toi qu'il y a plus aucun opticien, à LaFayette. Ils sont partis tous les deux, ces enf*****...

Elle rigola.

– On a essayé d'entrer dans leurs magasins, mais il y avait des grilles de fer... et de toute façon, y aurait pas eu de verres pile à ma vue ! Du coup, cette sal***rie de nuit me dérange moins depuis. C'est juste toujours le brouillard, mais en plus sombre.

Mon petit frère la regardait avec adoration. Ce qu'il adorait, j'en étais certain, c'était sa grossièreté.

Mais à ce moment, il vit Djack ressortir avec une pile de serviettes-éponges, et un tabouret.

– Oh ! oh ! dit-il. Mouvement de repli en bon ordre...

Il se levait déjà...

Nath, là-bas, à la limite de l'espace éclairé, fouillait dans une trousse de toilette qu'elle transportait certainement dans son sac à dos : un truc de filles, assez volumineux, et rose, plein de choses inutiles pour se pomponner, certainement.

Djack posa les serviettes sur le tabouret, s'approcha du ballon, jeta un œil à la sonde, dit :

– Je pense que c'est prêt. Après, ce sera trop chaud, je vais couper...

– Tu vas voir qu'elle va lui faire le coup de la p***, annonça TMRT, en se tournant vers moi.

Et c'est effectivement ce qui se passa.

Sans attendre que mon frangin apporte le paravent qu'on utilisait pour se doucher, sans même attendre qu'il ait fait trois pas pour s'éloigner, elle se dévêtit, sa jupe courte vola, son top à bretelles, sa culotte, et elle se glissa sous le ballon suspendu d'eau chaude, tira sur la chaîne de la douche, l'eau tomba en pluie, elle poussa un cri de joie, elle poussa des petits cris de contentement.

Sous nos yeux ébahis.

Sous le regard blasé, myope et navré de sa fille, *alias* la Taupe, le Rat, TMRT ou même Camille.

55.

Là-bas, à quinze mètres, Nath se savonnait.

Là-bas, à treize mètres, Djack, mon frangin, s'était figé, les yeux exorbités, la bouche ouverte.

En face de moi, à table, à trois mètres, ZeCrow avait stoppé son « mouvement de repli » et écarquillait aussi les yeux. Il n'en perdait pas une miette. Ça devait être la première fille à poil qu'il voyait.

(Moi, j'en ai vu au collège, sur les portables de Dylan et de Léo. Dégueu...)

Il regardait les fesses de Nath.

Il pouffa quand elle se retourna.

– T'as vu, c'est une fausse blonde, commenta Camille, pour moi.

– Pourquoi tu dis que... commença Paulo.

– Chuuut, fis-je à l'intention de mon frère, en mettant un doigt sur mes lèvres. T'occupe...

Manière de lui rappeler que ce n'était pas de son âge.

La Taupe dut comprendre aussi. Elle se tourna franchement vers moi :

– Après ça, tu vas voir, ton frère va être convaincu qu'on peut nous garder plus de quarante-huit heures...

– La vache... dis-je.

Ce fut tout ce qui me vint.

(J'essayai de mater aussi, mais sans qu'elle le voie trop) (c'était sa mère, quand même...)

– Elle est jolie, hein ? fit-elle, pas dupe. Là, ton grand frère vient d'oublier qu'elle avait dix ans de plus que lui. Parce qu'elle en paraît dix-huit. Je suis sûre que, dans une minute, elle va commencer à plaisanter avec lui, et qu'ensuite elle lui demandera de lui passer une serviette...

Ce fut effectivement ce qui advint.

Nath dit à Djack d'être chou, de la frictionner, et elle éclata de rire.

Elle semblait ravie.

Elle lui dit sans doute qu'elle attendait une douche chaude comme ça depuis deux ou trois mois, mais on n'entendit pas. On voyait d'ici, *malgré* la pénombre, que mon frangin était écarlate. Chez nous, on n'a pas l'habitude de se voir à poil, même entre gars.

Il avait des gestes embarrassés – comme si, à être trop près d'elle, il risquait de se brûler, de nouveau.

Elle s'enroula finalement dans une autre serviette, sèche et épaisse. Elle avait enturbanné ses cheveux faux blonds.

En passant devant nous, elle dit :

– À ton tour, Camille !

– Comme ça, devant tout le monde ?! Dans tes rêves, je suis pas une p***, moi !

56.

TMRT y alla, finalement, à la douche.

Elle avait exigé qu'on mette le paravent et que nous rentrions tous dans la maison, pour que personne ne regarde.

On l'entendit beugler qu'elle se brûlait, puis que c'était trop froid.

Dans les deux cas, ça méritait des chapelets de gros mots. Parfois très très gros, comme mots.

ZeCrow me demanda :

– Tu l'aimes toujours pas ?

– Depuis hier soir ? Non.

– Mais elle connaissait le nom de tous les oiseaux, dans le grenier...

Il avait vaguement gémi. J'étais tout à fait seul.

– Et tu savais que les filles avaient de la fourrure sur le zizi ?

– Oui, ça oui, je savais...

TMRT entra dans la maison entièrement rhabillée, le bouton de son col fermé, chaussettes et chaussures aux pieds. Elle s'assit sur une chaise, noua une serviette autour de sa nuque.

Sa mère revint de leur chambre, elle était restée en short et en maillot de bikini comme s'il avait fait grand soleil, dehors. Elle avait une paire de ciseaux, coupa quelques « pointes » à sa fille. Ensuite, elle se tourna vers nous :

– Alors, je m'occupe de la tignasse de quelqu'un ?

On secoua tous la tête. Sans façons, merci. Elle rit, ça n'eut pas l'air d'entamer son humeur, radieuse depuis qu'elle avait pris cette douche.

– Comme vous voulez...

Elle disparut, revint sans les ciseaux mais avec la trousse à pharmacie.

Elle s'attabla à côté de Djack.

Elle frôla son pansement à l'avant-bras.

– Toi, tu comptes te doucher, aujourd'hui ? Ou t'as chauffé l'eau juste pour nous ?

Il rougit de nouveau jusqu'aux oreilles.

– Non, non, on l'a fait il y a deux jours, nous. Donc on va en profiter pour faire une lessive, plutôt.

– Dans ce cas, Camille et ton frère vont s'en charger. Alors, on la regarde, cette brûlure ?

On n'eut pas le choix.

On emporta les draps dans une lessiveuse, on versa un tiers de l'eau chaude, on touilla avec un grand bâton. On rincerait, puis on essorerait.

– T'as vu comme elle a retourné la tête à ton frère, en moins de deux ?

– J'avoue...

– C'est sa façon de faire, tu verras. Tu te rends compte de rien, et au bout d'un moment, tu réalises que t'es en train de te faire bouffer, qu'elle a rangé tes amis de son côté, qu'ils font ce qu'elle leur demande comme des toutous, que c'est elle qui décide. Et que t'es obligée, toi aussi. Et un jour, elle finit par se faire jeter par tout le monde, et toi, t'as perdu tous tes potes...

Elle avait parlé avec un mélange d'amertume et de colère.

– Parce qu'on était tes amis, nous ? Depuis hier ?

Elle me regarda, grimaça drôlement.

– Nan, juste toi, Mytho-Man... Mon seul, mon véritable, mon irremplaçable ami.

Je grimaçai à mon tour.

Son humour me faisait rire, je devais l'admettre.

Et sa détestation de sa mère me la faisait prendre en pitié.

Sa mère se faisait jeter par tout le monde. Et j'imagine qu'elle, elle était la seule à ne pas pouvoir faire sa vie ailleurs...

On s'était mis à touiller la lessive.

Elle monta sur un tabouret, pour être plus haute, plus efficace.

– T'as fait la même chose avec mon petit frère, dis-je. Tu l'as *retourné*... Il veut qu'on devienne amis, toi et moi.

– Ouais, il est incroyable, avec ses oiseaux. Et je plais beaucoup aux petits. J'aurais dû faire peluche...

Elle commença à tourner le bâton pour remuer le linge. Elle n'était pas assez costaude.

– C'est pas bizarre, d'avoir une mère si jeune ? je demandai.

– Quand t'as connu que ça, c'est les autres parents que tu trouves vieux.

Oui.

Bien sûr.

– Mais c'est ch**** d'avoir une mère toujours fauchée, toujours sur le départ, qui fait des c****ries et nous oblige à déménager tous les deux ans.

Oui.

Tout le contraire de nous.

Sauf que, si j'y réfléchissais, cette fois, Papa avait commis une c****rie, lui aussi, comme elle disait. Une grosse c****rie. Si bien que ce coup-ci, on était presque dans la même situation, au fond.

– Laisse-moi continuer, dis-je. Tu mélanges trop doucement.

Je pris sa place sur le tabouret, me mis à baratter.

– Et c'est encore plus ch**** quand toi, t'es pas aussi jolie que ta mère, que t'es grosse et myope, que tes nouveaux camarades trouvent que t'as une tête de rat, et que tu ne te sens acceptée nulle part.

Elle me regarda avec un sourire offensif. Agressif.

Provocant.

Je n'avais pas envie de reproches, mais...

– T'as vu *Bienvenue à Zombieland* ?

– Non.

– C'est un de mes films préférés. T'as déjà vu des films de zombies, quand même ?

– Ouais, dis-je, en baratinant.

Parce que Papa ne voulait pas.

Il disait que mon imagination était bien assez effrayante comme ça.

Elle me scruta, je sus qu'elle devinait que j'avais menti.

Mais pas parce qu'elle avait un super-pouvoir. Juste parce qu'elle pensait que je mentais tout le temps.

– Bref, imagine... On est en pleine invasion zombies. Le monde est devenu presque inhabitable, il est peuplé de morts-vivants affamés. Les survivants sont du gibier, ils cherchent un endroit où se réfugier. Y a Columbus, un tocard, trouillard, qui s'associe à Tallahassee, une grosse brute, un parfait chasseur de zombies. OK ?

« OK », fis-je de la tête, tout en continuant à touiller.

– Et sur la route, dans leur super-voiture blindée, ils croisent Wichita et Little Rock. Deux filles. Une de l'âge de ma mère, une autre du mien, environ...

OK.

– Et deux fois, ils se font arnaquer par ces filles, qui les piègent pour leur piquer leur bagnole et leurs armes. Tout ça parce que Tallahassee est un gros crétin, et que Columbus est un naïf qui tombe amoureux de Wichita.

– Djack n'est pas naïf, dis-je. Ni trouillard ni tocard.

– Ah ! non, tocard, je pensais plutôt à toi.

Elle sourit. Mais sans provocation, cette fois. Pas offensivement.

Plutôt avec curiosité, pour savoir comment j'allais réagir.

Je souris.

Je ne sais pas pourquoi.

Peut-être parce que c'était vrai. Mytho-Man. Le mec qui baratinait sans cesse.

– Bon, fis-je. On va rincer tout ça. Tu m'aides à vider la lessiveuse... Attends, pas comme ça, tu vas faire tomber les draps !

Elle éclata de rire, un drap atterrit sur le sol, tout était à refaire, je gueulai :

– Mais pu****, fais gaffe, Camille !

Elle se tourna vers moi, un immense sourire sur le visage.

Alors je réalisai.

Je l'avais appelée par son prénom. Pour la première fois.

« On te retourne la tête », avait-elle dit...

– Enfin, je veux dire... Fais gaffe, Little Rock !

Elle me fit un clin d'œil.

– Trop tard, Léo Fourchade.

57.

On rentra dans la maison, quand on eut tordu les draps, qu'on les eut essorés et étendus dehors.

Le silence me saisit.

Camille marqua un temps d'arrêt, de surprise, elle aussi.

Je posai la bassine et la lessive sur le sol.

Il y avait les deux caisses de pharmacie sur la table de la grande salle. Environ tous les médicaments de la maison étaient sortis, en désordre.

Ils avaient installé une lanterne à gaz, puissante, très blanche, dont on gardait l'éclairage pour les circonstances exceptionnelles : bricolage délicat, trucs comme ça.

ZeCrow était réfugié dans un coin sombre, un peu loin, mais les yeux fixés sur eux, fasciné ou horrifié. Nathalie était penchée sur le bras de Djack.

À la lumière puissante, je vis la brûlure de mon frère pour la première fois depuis cinq jours. J'eus un haut-le-cœur. C'était entièrement noir, mais on aurait dit que c'était en train de pourrir. De moisir. Ça suintait, ça brillait.

– C'est dégueu, fit Camille, pour résumer.

Nathalie nettoyait la chose, c'est-à-dire qu'elle retirait des petits lambeaux de peau morte, noire, à la pince à épiler, puis elle tamponnait la plaie avec des compresses.

– Dégueulasse, répéta Camille.

– C'est une brûlure au troisième degré, j'en ai peur, dit Nath. Faudrait une greffe de peau, peut-être. À l'hôpital.

Elle releva la tête.

– En attendant, faut arrêter de mouiller et de désinfecter. Et faut éviter le coton, surtout.

Mes oreilles et mes joues s'empourprèrent.

Elle se leva, fouilla dans les boîtes de médocs ouvertes, prit un ou deux tubes de crème avant de les reposer sur la table.

– Pommade et tulle gras, y a que ça. Sauf que vous n'en avez pas.

– T'es infirmière ? demandai-je, provocant. Je savais pas que ça faisait partie de la formation de coiffeuse...

Elle se retourna vers moi, piquée au vif.

Leva la main gauche.

– Tu vois cette main, petit con ?

Je blêmis.

Djack se raidit.

La voix de Nath était métallique, mais elle ne gueulait même pas.

– Quand Camille avait cinq ans, je bossai dans une friterie, dans le Nord. Pour gagner notre croûte et l'habiller. Un jour, le bac à frites plein d'huile s'est renversé sur moi. Sur ma main gauche et ma cuisse. Brûlure, greffe de peau, trois mois d'hôpital. Demande à Camille, ce sont des voisins qui l'ont gardée pendant tout ce temps...

Sa fille hocha la tête, la mine fermée. Mauvais souvenir...

– Alors elle sait de quoi elle parle, l'apprentie coiffeuse ! OK ?

– OK, OK...

Je reculai.

J'aurais voulu que Djack lui dise de pas me parler sur ce ton.

Mais elle lui avait *retourné la tête*, déjà. Ou alors il avait trop mal.

Purée, pourquoi il s'était soigné tout seul, pourquoi il ne me l'avait pas montré avant, son bras ?

Et moi, pourquoi j'avais mis du coton dessus ?

– Déjà, faudrait qu'on descende en ville chercher des médicaments, dit Nath. À la pharmacie, ou chez moi. J'ai du tulle gras et de la Biafine, toujours.

– La pharmacie est fermée, répondis-je.

– Ça n'a pas arrêté ton père, si ? Quand il fallait vraiment ?

Elle me regardait avec dans le regard du défi.

Bon sang, cette fille prenait vraiment le pouvoir facilement.

– Je pourrais vous emprunter la voiture, pour aller plus vite. Si vous avez les clés... Je redescends chez nous, et je remonte avec les médocs.

– Ou tu ne remontes jamais. T'as une bagnole, et nous, on n'en a plus. Ou bien encore tu remontes avec des armes, et des potes, et tu nous voles nos réserves.

Je la défiai du regard à mon tour. Si elle croyait nous embobiner, elle allait trouver quelqu'un en face d'elle. Quelqu'un qui ne se laisserait pas faire.

Je me tournai vers mon frangin.

– Je vais aller voir s'il y a de la pommade et du tulle gras, chez Grivel...

Djack hocha la tête.

– Je viens avec toi, dit Camille.

J'eus envie de lui dire de me laisser tranquille. Que je pouvais me débrouiller.

Mais c'est elle qui m'avait prévenu, tout à l'heure, pour les vols de voiture. Et d'armes.

Le mot me fit penser à mon fusil, dans l'appentis.

58.

On prit une lampe et un sac. On y alla. Dans la ferme de René-Grivel-le-nazi.

Chaque fois, j'avais quand même l'impression de profaner quelque chose. Entrer dans la maison d'un mort, de quelqu'un qu'on avait tué, en un sens.

Enfin non, dont j'avais provoqué la mort.

Moi.

On ne s'attarda pas, on jeta un œil à la cuisine, on alla rapidement à la salle d'eau, dans sa chambre. On trouva l'armoire à pharmacie : elle était quasiment vide, de l'alcool, des trucs pour se désinfecter, des pansements, des compresses.

Je mis le tout dans le sac que j'avais pris.

Camille observait autour d'elle.

– Touche pas les cantines, dis-je, c'est des affaires qu'il a pillées chez des voisins... S'il y a un jour une enquête, faut pas laisser d'empreintes.

– C'est là que vous l'avez tué ? demanda Camille, en me montrant le salon, à côté.

– Non, chez nous. Dans notre cave. Il venait nous voler.

– Pu**** ! Du coup, vous rigoliez pas...

Elle devait se dire soudain qu'elles avaient eu chaud, quand on les avait surprises. La veille. La veille seulement.

– Mais on ne l'a pas tué, repris-je. Je sais pas ce que Djack vous a raconté hier, mais Grivel s'est tué tout seul, en tombant de l'échelle, sur son fusil. Un accident.

Elle hocha la tête : « Bien sûr, bien sûr. »

– Tu me montres sa tombe ?

Elle avait l'air de trouver ça cool, excitant et effrayant.

En un sens, ça l'était.

– Si tu veux.

Je l'emmenai sur le lieu.

Il y avait le petit tumulus, la croix que Djack y avait plantée.

La lanterne éclairait tout ça, formant un petit cercle de lumière sous ce nuage, dans cette nuit.

– Tu crois qu'ils deviennent quoi, les morts ?

– Les morts en général, je sais pas. Mais ma mère, c'est devenu un fantôme.

– Elle... Elle est là, chez vous ?

– Nan, à l'église, en bas. Ça fait trois mois que je l'ai pas vue.

– Tu mens, là ?

– Nan, je te jure. Je mens jamais à propos de Maman.

Elle hocha la tête.

– Et à propos de ce mort-là ?

Elle désignait la tombe.

– Non plus. Je mens pas. On ne l'a pas tué. Mais c'est moi qui l'ai poussé du haut de l'échelle, alors qu'il tenait le fusil.

Elle me regarda, hocha de nouveau la tête.

Ça me fit du bien de faire cet aveu et d'être cru.

Elle réfléchissait.

– On pourrait aller la chercher, ta mère. En même temps qu'on va à la pharmacie, et chez nous.

Oui. On pourrait.

J'avais pensé à ça, moi aussi, naguère.

– Tu crois que les fantômes prennent la voiture ?

– En général, je sais pas. Mais elle, elle est dans une statue. Alors oui.

– OK...

Elle réfléchissait encore.

– Franchement, ton frère a besoin d'être soigné, reprit-elle. T'as vu, c'est crade. Alors c'est pas un piège, Léo Fourchade.

Oui. Elle avait raison. Djack avait besoin de soins.

Donc pas le choix : j'allais descendre avec elles. Les garder à l'œil. M'assurer qu'elles remonteraient, après. Et on en profiterait pour récupérer la statue de sainte Machine, pour que Maman s'installe avec nous.

59.

Fallait-il d'abord que j'aille récupérer le fusil de Grivel, sans Camille, pour les tenir en respect toutes les deux ? Est-ce que ça n'était pas trop risqué, justement, de descendre avec notre seule arme à feu – vu qu'elles devaient parfaitement être capables de m'embobiner, moi aussi ?

Au fond, ça n'était pas très très grave, de perdre un pick-up – on ne savait pas le conduire.

À la limite, si elles m'arnaquaient, je remonterais à pied.

Mais un fusil, en revanche...

J'allais le garder planqué dans l'appentis, pour l'instant.

Cette nuit, je retournerai le cacher mieux, ailleurs. À la maison.

Pour l'avoir à portée de main.

Mais d'abord, j'allais descendre en ville, à LaFayette, avec elles.

On revint à la maison.

Nath et Djack avaient eu largement le temps de discuter, apparemment. Quand on leur annonça qu'on était bredouilles, mon frangin me prit à part :

– Écoute, qu'est-ce que tu en penses ?

On s'était réfugiés dans ma chambre, pour être vraiment à l'abri des oreilles indiscrètes.

On alluma deux bougies.

– Je pense que tu as besoin de ces médicaments, dis-je. Et qu'on n'a pas le choix. Faut qu'on descende en ville, qu'on récupère ces trucs...

Il approuva.

– Mais j'ai pas confiance en elles. Je pense que Nathalie veut nous entourlouper. Donc j'irai avec elles, pour être sûr qu'elles remontent avec la bagnole.

– Pas question, fit-il. Si tu n'as pas confiance, on suit ton instinct... Je ne veux pas que tu coures un danger.

– Mais tu as besoin de pommade, et de tulle...

– Dans ce cas, on y va tous les cinq.

– Non. On ne peut pas laisser le Donjon sans surveillance. Avec toutes les provisions.

Je vis que l'argument portait. Ouais, effectivement, on ne pouvait pas prendre ce risque.

– En plus, on ne sait pas ce qu'on trouvera, en bas. Et toi, tu es blessé. Et ZeCrow, il peut servir d'otage...

– Je ne crois pas qu'elles feraient ça, 'Chu.

– Tu le crois pas parce que ce sont des filles. Et que tu es naïf. Et que cette Nathalie t'a montré ses fesses.

– Tu penses vraiment que je suis du genre à...

– Oui. Vraiment. Je pense ça. Et même sa fille le pense...

Je lui fis un sourire.

– Mais regarde-moi : moi, tu juges que je serais de taille à m'occuper de Paulo, tout seul ? S'il t'arrivait malheur ?

Il hésita, sourit à son tour.

« Non », fit-il de la tête.

– Tu vois... Donc, si l'un de nous les accompagne, autant que ce soit moi. C'est moi qui manquerais le moins, ici, si je ne remonte pas.

– N'importe quoi...

– ... Mais je compte bien remonter, t'en fais pas ! Avec tes médocs ! Et je compte aussi aller chercher Maman à l'église. Y a que moi que Maman suivra, Djack... Je suis le seul à la comprendre, OK ?

Cet argument là aussi fit mouche.

Il cédait.

– Et ensuite, on verra... Ce qu'elles veulent, c'est descendre dans la vallée. Au mieux, Nathalie t'apprend à conduire, on organise une expédition, et dès que tu vas mieux, tu descends avec elles, tu vas chercher Papa à l'hosto, et tu le remontes. Au pire, une fois Maman et les médocs ici, on leur laisse le pick-up, avec quelques provisions, pour les remercier, et on se dit *bye bye*...

Il secoua la tête.

– Non. Ça non. J'en ai parlé avec Nath. Elles profitent du voyage pour rapporter plus d'affaires. Elles... Elles vont rester ici.

– Définitivement ?

– Le temps que... que le nuage se barre, et que Papa revienne. Ou qu'on aille le chercher, comme tu as dit.

– Tu vois, quand je te disais que t'étais en train de tomber amoureux...

Il se leva. Il secouait la tête.

Mais pour lui, c'était décidé.

– Djack, y a autre chose dont il faut qu'on parle...

Je ne l'avais pas prévu, mais tout d'un coup, je réalisai que c'était risqué, notre affaire. Que si vraiment ces deux filles m'entourloupaient, je risquais de ne jamais remonter. Et que, sans moi, mes frangins seraient quand même dans un sacré pétrin, surtout avec le bras blessé de Djack.

– Grivel avait un deuxième fusil, dis-je. Je l'ai caché dans son appentis, sous le toit. Avec ta blessure, ça pourrait servir, s'il faut défendre ZeCrow... Ou les provisions.

Il se laissa retomber, assis, sur le lit de Paulo.

– Tu l'as trouvé quand ?

– Trois jours après son enterrement. Je m'en suis jamais servi. Et je compte pas le prendre, là. Mais tu devrais aller le chercher avant notre retour, au cas où...

– OK.

– Y a deux boîtes de cartouches, avec. Du gros calibre.

– OK.

Cette fois, il se releva, se dirigea vers la porte.

– Je me dis qu'il est temps qu'on arrête de vivre à trois, en vase clos, fit-il. Moi, je laissais mon bras pourrir, et toi, tu avais des idées de dingue.

Je fis une dénégation.

Il dit :

– Elles vont nous faire du bien, 'Chu... Tu verras, elles vont nous faire du bien.

Il le répétait comme s'il avait besoin d'y croire.

60.

Je retournai dans la grande salle, et laissai ZeCrow m'annoncer que les filles allaient descendre chez elles, chercher des médicaments et aussi leurs affaires. Et qu'ensuite, elles s'installeraient chez nous.

Il avait l'air un peu triomphant : Djack était d'accord avec lui, Camille était sympa.

À la fin, je lui avouai que j'étais au courant de tout.

Je ne lui confiai pas que je n'étais pas d'accord – mais je lui dis en revanche que je descendrais avec elles. Pour chercher Maman.

Rien d'autre.

Pas un mot sur ma méfiance et mes doutes.

Little Rock, TMRT, le Rat, Camille (je ne savais plus trop quel nom utiliser) vint me trouver.

— Il paraît qu'on peut rester ici. Tu vois ce que je t'avais dit. Ma mère fait tourner la tête de tout le monde.

— Ouais.

— Cache ta joie...

— Ben j'ai pas eu mon mot à dire.

— Mais t'es quand même content ?

Je ne dis pas « oui ».

Parce que sa mère m'avait traité de petit con. Parce qu'on était bien, avant, tous les trois entre frères.

Mais je ne dis pas « non », parce qu'en fait, sa présence à elle, Camille, je crois que ça m'allait. Et que dans tous les cas je n'avais pas envie de la jeter, elle. Puisqu'elle s'était fait jeter trop souvent, et maltraiter, par moi entre autres.

— J'aurais juste bien aimé qu'on le décide ensemble, répondis-je. Avec mes frangins.

À bien y réfléchir, puisque Djack et ZeCrow étaient d'accord, ils l'auraient emporté, de toute façon.

Mais ça, je ne le précisai pas non plus.

On déjeuna. Les filles avaient l'air si contentes de manger chaud, à leur faim.

Ensuite, je préparai mon sac à dos : une gourde, de quoi faire un repas pour trois, et un autre repas pour moi, si on devait s'affronter avec les filles et que je me retrouvais tout seul. Une puissante lampe torche. Je pris aussi une lampe frontale, en préparai deux autres pour les filles.

Et ensuite, je choisis mes outils :

Un pied-de-biche pour la grille de fer des pharmacies.

Des sangles pour descendre la statue de sainte Machine.

Un marteau et un burin, pour la détacher de son socle, au besoin.

Une couverture pour y rouler Maman...

Plus je listais mes préparatifs, plus je me convainquais de devoir les affronter, elles, à un moment.

Je pris un couteau de boucher, que je glissai avec le reste. Le pied-de-biche pourrait me servir d'arme, aussi. Je ne comprenais pas pourquoi Little Rock m'avait averti, en me parlant de *Zombieland*. « Mon film préféré... »

Mes frangins descendirent tous les deux avec nous, par l'allée herbeuse, jusque devant la cave, où était garé le pick-up. Djack passa les clés à Nathalie. J'avais enroulé tous les outils dans la couverture, sauf le pied-de-biche, parce que je voulais le garder sous la main. Je mis le tout sur le plateau du pick-up, avec mon sac à dos.

Nath m'invita à monter à côté de Camille, sur l'une des trois places de la cabine, je déclinai, lui fis signe que j'allais grimper à l'arrière. Sur ces sièges, j'aurais été coincé, entre elles ou contre la portière – impossible de les affronter si elles décidaient de me régler mon compte.

Je voyagerais derrière la cabine, avec mon sac.

Tant pis pour les cahots.

La batterie du pick-up fonctionnait encore.

Les phares éclairèrent la nuit permanente.

Nath mit le contact, le moteur toussa, puis vrombit.

Trois mois et demi que je n'avais pas respiré les gaz d'échappement, entendu ce ronronnement, embarqué dans un véhicule à moteur. La dernière fois, c'était le camion dérobé par Papa, pour trois heures.

Grivel avait installé une autre rampe de phares, au-dessus de la cabine, peut-être pour éclairer la forêt quand il chassait. Ça illuminait notre façade, et très loin, jusqu'à la ferme du nazi, mais Djack dit à Nath de les éteindre, ça n'était pas utile de se faire remarquer. Le moins possible.

Faudrait qu'on fasse attention, au retour, pour que personne ne nous suive...

Il n'y avait plus beaucoup de carburant : un quart de réservoir, largement de quoi faire l'aller-retour jusqu'à LaFayette, mais à peine de quoi descendre dans la vallée, à l'hôpital par exemple...

– On verra si on trouve du diesel, dit Nath.

– Fais attention à toi, dit Djack en me prenant par la nuque, et en me regardant dans les yeux, avant qu'on parte.

Je montai d'un bond à l'arrière. L'impression de leur faire mes adieux, ou plutôt qu'ils me faisaient les leurs.

61.

On traversa la nuit à tombeau ouvert, dans la lueur des phares. Nathalie conduisait bien, et trop vite. Et le plateau d'un pick-up n'est pas l'endroit prévu pour les passagers.

Je fus brinquebalé. Deux fois, en une centaine de mètres, elle freina fort, je fus jeté contre leur cabine. Les deux fois, des chevreuils franchirent la route presque sous nos roues, un jeune mâle, puis toute une famille.

Si imprudents...

Ils devaient déjà avoir oublié les humains.

Ils devaient avoir désappris que les routes sont dangereuses.

Bizarre, quand même, cette amnésie, en trois mois et quelques. Mais j'étais content qu'il reste des grands herbivores, gracieux.

J'allais vers quelle surprise, encore ? Quel étonnement ? Il était devenu quoi, le monde, pendant qu'on restait dans le Royaume ?

Le vent tiède dans mes cheveux.

Je murmurai à Maman :

– J'arrive... J'arrive...

Devant, dans la cabine, l'une des deux filles avait mis l'autoradio très fort. De la musique enregistrée, certainement, il n'y avait plus de stations... À travers la vitre ouverte, j'entendis Camille chanter.

On prit les derniers virages, les plus marqués, sur les chapeaux de roues. Je fus balancé d'une ridelle à l'autre, les pneus crissaient sur le gravier.

Nath voulait vraiment me jeter dehors, ou quoi ?

Je tapais dans la vitre arrière de la cabine avec le plat de la main. Elle comprit et ralentit – elle aborda la départementale sans s'arrêter au stop, toutefois. C'était une route plus large qui longeait un lac artificiel.

Quand on atteignit la zone commerciale de LaFayette, je pris la mesure du bouleversement.

Je ne l'avais jamais vue dans le noir complet. Même au cœur de la nuit, il y avait toujours les lampadaires, les enseignes, les lumières de la station-service. Là, plus rien. Même pas une fenêtre éclairée, dans l'un des petits immeubles à deux ou trois étages, au-dessus des commerces. En plein après-midi, personne. La nuit presque complète, ce gris sombre maintenant, pas tout à fait du noir – et nos phares.

Nathalie tourna au rond-point, descendit vers la zone, prit un virage en épingle à cheveux pour s'arrêter d'abord devant les pompes à essence. Elle sortit :

– Ça va, pas trop secoué ?

Camille jaillit de l'autre côté – enfin, elle se contenta de baisser la fenêtre et de se glisser à l'extérieur pour s'asseoir sur le rebord de la portière.

– T'as vu les chevreuils ?

Elle semblait enthousiaste ou surexcitée.

Je hochai la tête.

– On aurait dit qu'ils fuyaient quelque chose, j'ai cru voir une ombre...

– Sans lunettes ? T'as rêvé, ouais !

Elle se marra.

On devenait vraiment copains.

Sans sa mère, si ça se trouve, je ne me serais pas méfié d'elle. Sauf qu'elle m'avait averti. *Zombieland*. Little Rock et Wichita...

– Et merde !

Nathalie essayait de secouer le pistolet de la pompe du diesel. Mais les pompes ne fonctionnaient plus, faute d'électricité, et peut-être de pétrole, aussi.

– Tant pis, on va chez nous. Je prendrai un tuyau, on essaiera de siphonner un réservoir, si on trouve une voiture en ville et qu'on a le temps.

Elle remonta, redémarra, lentement cette fois.

Camille restait le nez dehors, assise sur la portière, on contourna le parking totalement vide de la boulangerie et celui de la boutique d'Émilie, la coiffeuse. En fait, l'entrée de leur immeuble était derrière, de l'autre côté du bâtiment.

On s'arrêta, de nouveau. Camille me dit :

– On est chez nous !

Elle ouvrit la portière et sauta sur le bitume. Deux pas vers la nuit, et elle disparut.

Imaginez une nuit sans lune, sans étoiles, sans lumières ni reflets. L'instant d'après, elle mettait sa lampe frontale autour de sa tête, je vis le petit faisceau trembler, je fis de même. Nathalie alluma aussi la sienne.

– Je reste en bas, dis-je. Je vais aller voir si je peux forcer la grille de la pharmacie.

J'avais réfléchi à ça : chez elles, dans leur appartement, elles pouvaient me piéger plus facilement.

– File-moi les clés du pick-up, dis-je à Nath. J'ai pas envie que vous repartiez sans moi.

Elle grimaça une approbation, s'exécuta.

Sa frontale m'éblouissait.

Dans ma propre lumière, elle sourit pour donner le change.

Elle devait toujours me considérer comme le « petit con », et aussi comme l'empêcheur de tourner en rond : le seul qui se méfiait d'elles.

Et qui ne cherchait même pas à le cacher.

Elles entrèrent dans l'immeuble. Je sautai de mon plateau, mais attendis deux minutes, pour m'assurer qu'elles ne revenaient pas *trop vite*.

Je vis les petits faisceaux de leurs lampes frontales apparaître, à deux fenêtres de cette façade, au deuxième étage.

Je me demandai si elles avaient des fenêtres qui donnaient de l'autre côté, sur le Super U.

Avaient-elles menti là-dessus, quand elles avaient dit qu'elles n'avaient pas vu la police ?

Je ne me souvenais plus si elles avaient parlé de leurs fenêtres... Mais à la limite, on s'en fichait. Elles avaient aussi bien pu descendre de l'immeuble, regarder le pillage depuis le parking où je me trouvais...

Je remontai sur le plateau, pris le pied-de-biche, sortis la lampe torche du sac à dos mais ne l'allumai pas, me contentai de la glisser dans ma ceinture, pour économiser les piles, au cas où. Puis je me dirigeai vers le rond-point, qui donnait au sud vers le Super U, à l'est vers la pharmacie, à l'ouest vers leur immeuble.

62.

On ne voyait vraiment rien. Ma frontale éclairait juste à un mètre devant moi, elle ne servait à rien d'autre qu'à me rendre repérable. Et j'avais la certitude que dans cet apparent désert humain, c'était une mauvaise idée.

« Ne te raconte pas des histoires », aurait dit Papa.

« Le premier à qui tu racontes des bobards, c'est à toi-même... »

Dans l'épisode en cours de la série télé que je me brodais en permanence, je n'étais pas un héros, pour une fois – juste un môme de douze ans avec un pauvre pied-de-biche comme seule arme – une proie, et il y avait forcément un prédateur quelque part.

J'éteignis ma frontale.

Au fur et à mesure que mes yeux s'accoutumaient à la nuit, je distinguai les masses, les grands ensembles, blocs noirs sur le ciel gris sombre : la silhouette des immeubles, celle de la station-service, celle du Super U. Impossible en revanche de voir s'il avait été entièrement dévoré par les flammes, cette nuit-là.

Impossible de voir sur le parking s'il y avait des carcasses, une voiture ou un camion brûlé. Je m'approchai, les bras en avant, prudemment, pour ne rien heurter.

Butai dans quelque chose, me cognai contre du métal, rallumai ma frontale. C'était une voiture incendiée. Acier calciné. Je n'aurais pas su dire si elle avait été rouge, avant, si nous y avions voyagé tous les quatre, si Papa la prenait chaque matin pour descendre au boulot.

Si c'était celle qu'il comptait récupérer, la fameuse nuit du dimanche, quand il avait commis l'erreur de redescendre.

Il y en avait d'autres. Je décrochai la lampe torche de ma ceinture, balayai le parking. Vis le camion qu'on avait volé, avec Papa, et qui était carbonisé, lui aussi. Reconnus sa voiture rouge, un peu plus loin. Pare-brise émietté, portière arrachée. Je m'approchai.

Deux pneus avaient été crevés, les vitres arrière avaient été cassées, elles aussi. Les plaques d'immatriculation étaient encore masquées au Scotch. Pas de doute, c'était la nôtre.

L'avait-on tiré de sa bagnole alors qu'il cherchait à fuir ? Qui ?

Ou bien les émeutiers avaient-ils passé leur colère après coup sur tout ce qui leur tombait sous la main ?

Il y avait six autres voitures, et une moto, brûlées ou détruites. Des pneus à moitié consumés. Des Caddies jetés là, les roues en l'air, tordus en un amas de ferraille.

Le magasin de bricolage avait cramé entièrement et s'était effondré, on voyait des poutres noircies, des tôles tordues, comme les photos de bombardements. Le Super U avait mieux résisté. La façade du magasin était noire, les grilles défoncées, sans doute à la voiture-bélier. On avait cherché à arracher des tôles pour s'y introduire. En définitive, il semblait qu'on avait réussi : les portes en verre étaient brisées, et, de ce que je voyais à la lueur de ma torche, à l'intérieur, c'était le chaos.

Quand ?

Dès la première nuit ?

Papa faisait-il partie de ceux qui s'étaient retranchés dans le magasin pour le défendre ?

Avait-il feint d'être du côté de l'ordre, après avoir joué les cambrioleurs ?

Ou au contraire, s'était-il mêlé un temps aux émeutiers pour mieux leur échapper ?

Leur était-il tombé dans les mains, sitôt qu'ils l'avaient vu arriver avec le camion de l'enseigne ?

Quelqu'un l'avait-il identifié comme un salarié ?

Pourquoi Grivel avait-il parlé d'étrangers ?

Il n'y en avait pas beaucoup, ici, et c'était peut-être juste son délire de vieux nazi...

Papa faisait-il partie des blessés, ou des morts ?

Bon sang, peut-être un détective aurait-il pu deviner des choses, malgré le temps passé, en regardant ces vestiges. Mais moi, rien. Et à voir les lieux du drame, à voir concrètement les ruines, je réalisai que pour l'instant, tout avait été abstrait : Papa « arrêté » ; Papa « blessé » ; Papa « évacué vers un hôpital », depuis hier...

Papa jamais réellement « mort », je ne pouvais le croire.

Jusqu'ici.

Là, à voir ces traces de fureur, de violence, je l'envisageai vraiment.

« Secoue-toi », dit la voix dans ma tête.

Je braquai ma torche vers l'est, traversai le parking, parcourus les cent mètres qui me séparaient de la pharmacie, un peu à l'écart, au-dessus du cabinet du vétérinaire.

Visiblement, elle aussi avait subi l'assaut des pillards, mais avec moins de virulence.

La grille qui protégeait la porte avait été tordue, simplement. Sans céder. Il y avait eu un feu de cartons ou de palettes contre un des murs, mais à l'intérieur, ça paraissait intact.

Avec mon pied-de-biche, j'essayai d'abord de secouer la grille.

Mais je ne fis pas mieux que mes devanciers. C'était conçu pour résister à ça.

Alors, je retournai l'outil et balançai trois coups de la pointe, dans la vitrine voisine.

Je n'obtins qu'un résultat décevant : trois petits impacts, superficiels et aussi gros qu'un ongle, dans la vitre. C'était du verre de sécurité.

Je ramassai par terre un caillou, reculai, le balançai – le caillou rebondit, au lieu que la vitrine s'effondre dans un fracas. L'impact n'était pas plus gros que ceux de mon pied-de-biche.

Mince. Fallait espérer que Nathalie ait vraiment du tulle gras et assez de pommade chez elle... Ou alors, il allait falloir y passer la nuit.

J'étais en sueur.

Je m'essuyai le front et j'entendis un bruit, dans mon dos.

Un grognement.

63.

D'un geste vif qui m'étonna moi-même, je ramassai ma torche que j'avais posée par terre, et me retournai d'un coup.

Dans le faisceau rond, il y avait deux chiens.

Celui qui grognait était le moins effrayant des deux. C'était un petit berger, poilu, qui avait dû avoir l'air joueur et attendrissant, marrant. Genre un comique dans une famille sympa. Genre le chien que je demandais à Papa depuis trois ans...

Là, il avait l'air moins sympa ou comique ; ou bien toute sa famille était morte parce qu'il l'avait dévorée. On oublie que les petits bergers poilus ont peut-être été des loups, jadis, jusqu'à ce qu'ils surgissent de la nuit. Qu'ils retroussent les babines. Qu'ils montrent les dents. Qu'ils grognent, aboient, en vous regardant d'un œil rouge, brillant, dans toute cette obscurité en pleine journée.

Comme des loups.

« Dérive génétique » ? « Retour aux origines », plutôt.

L'autre...

L'autre était un malinois noir et fauve, comme Hitler.

Mais ce n'était pas Hitler.

Il semblait beaucoup plus musculeux, comme un rottweiler, un puma, ou une lionne.

Et il était beaucoup plus calme et silencieux que le berger – à peine une sorte de feulement rauque dans sa gorge. Mais je sus tout de suite pourquoi : c'était parce qu'il n'avait pas de temps à perdre en aboiements.

Il sauta vers moi.

À ma gorge.

Sans un cri.

Je fis un geste effrayé pour me protéger. Dans ce mouvement ample et circulaire, le hasard, la chance (le talent ?) voulurent que mon pied-de-biche le cueille en plein saut.

Je sentis le choc, lourd, dans mon poignet.

Il dut bien le sentir en plein dans sa gueule, aussi.

Il tomba comme un sac, roula en piaulant et geignant.

Il se relevait, déjà. Encore sonné.

Mais indestructible.

Le berger tournait autour de nous comme un roquet surexcité. J'avais lâché le pied-de-biche.

Quand je me penchai pour ramasser une pierre, le gros malinois fit un pas en avant, aboya cette fois, une sorte de jappement aussi rauque que son feulement, comme un ordre. L'autre se tut et vint se ranger à ses côtés, tous crocs découverts. Deux gueules blanches, quatre rangées de dents. Qui allaient attaquer de front, et en se coordonnant.

Aucune chance cette fois que ma gorge en réchappe.

Je balançai la pierre sur le gros, le ratai. Lançai de la main gauche ma torche sur le plus petit, qui dut être surpris par l'éclair de lumière.

Il la prit sur la truffe, gémit. La torche roula.

Le malinois, par réflexe, la poursuivit, essaya de la saisir entre ses dents.

Je profitai de la diversion, fis demi-tour et me mis à courir dans le noir.

En criant :

– Nath ! Camille ! Des chiens-loups !

64.

Évidemment, je n'eus pas le temps de revenir au parking, derrière la boulangerie et le salon de coiffure.

– Nath ! Camille !

Les chiens furent sur moi en trois foulées silencieuses.

Évidemment, le petit berger poilu et énervé fut le premier à se jeter sur moi, parce qu'il était le plus foufou, le plus nerveux. Il bondit la gueule ouverte et s'accrocha à ma cuisse. Je secouai la jambe, presque sans ralentir. Il lâcha prise. Je le piétinai, marchai sur une partie de son corps dans ma course.

Il poussa un cri aigu.

Le vrai monstre, celui qui était sur mes talons, s'empêtra dans son pote, roula sur lui-même.

– Camille ! Nath !

Ça me donna deux secondes de plus.

Je longeai un immeuble à ce moment-là.
La porte de l'accès au hall était entrebâillée...

Sans réfléchir, je l'ouvris à la volée, la refermai derrière moi. Les deux chiens qui s'étaient jetés sur mes pas s'écrasèrent contre la vitre. Je sentis leurs mufles, plus que je ne les vis.

J'entendis leurs souffles, leur rage, je sentis qu'ils poussaient pendant que je m'arc-boutais pour les empêcher d'entrer.

Un répit.

Je venais de m'offrir un simple répit.

En se jetant sur la porte, l'énorme malinois me fit reculer de cinq centimètres, j'entendis ses aboiements furieux. Comme des ricanements de démon.

Bon sang, le verrou tournait dans le vide. On l'avait cassé, sans doute pour entrer et sortir sans digicode, quand l'électricité avait été coupée.

Je compris que j'étais foutu. Réfugié là-dedans, mais sans moyen de vraiment fermer la porte, ils me rejoindraient dans l'escalier avant le premier étage – et pour aller où ? fuir par le toit ?

Même si je parvenais par miracle à l'atteindre, que je réussissais à redescendre plus loin, en sautant de toit en toit comme dans les films, ils me suivraient, me flaireraient, me poursuivraient.

J'étais foutu, foutu, et je...

Une lumière aveuglante apparut, puis un rugissement de moteur.

L'énorme malinois décampa aussitôt, sans demander son reste.

Le berger énervé s'était retourné, il aboyait contre ce qui arrivait.

Je vis la rangée de phares, sur la rampe, au-dessus de la cabine. Le pare-buffle heurta le chien, qui jappa. À travers la vitre, je vis Nath descendre du pick-up de Grivel. Elle avait une sorte de bâton à la main. Elle flanqua un grand coup au berger, qui hésita quelques secondes, puis s'enfuit.

Je reculai de deux pas dans la lumière blanche.

Elle ouvrit ma porte.

– Putain, nan mais t'as peur d'un border collie ? ! Viens.

Je la suivis dehors. Le pick-up avait escaladé à moitié le trottoir pour braquer ses phares sur mon refuge. Je montai dans la cabine. Serré contre Camille, qui s'était serrée contre elle.

– Il y avait un monstre, dis-je... Un énorme chien noir. Lourd et fort comme une lionne.

Nathalie émit un bruit, un coup de langue contre ses dents.

– Bien sûr...

– Il m'a chargé, il...

Camille gloussa.

– Vous l'avez pas vu ? Vous l'avez pas vu ?

– OK, Mytho, dit Nathalie. On va où ?

Elle fit marche arrière, pour revenir sur la route.

Les phares éclairaient la zone dévastée devant le Super U.

– Tu as pu piller la pharmacie ? demanda Nath.

– Non, les grilles et la vitrine ont résisté au pied-de-biche. Et c'est là que les chiens m'ont...

Elle fit un demi-tour, roula lentement vers la pharmacie, s'arrêta à vingt mètres. Elle ouvrit sa portière, se pencha, ramassa mon pied-de-biche sur la chaussée et se redressa pour me le rendre.

– Je vais donner un coup de bélier dans la vitrine, avec le pare-choc de ce truc, dit-elle en désignant d'un geste le capot. Et ensuite, on...

– Non, fit Camille. Si on reste bloqués, on l'a dans le c**.

– OK, fit sa mère. Tu as raison.

Je les écoutais discuter, parler comme si leurs deux avis se valaient.

Comme si c'était Camille, en fait, l'adulte.

En même temps, je fouillais la nuit pour voir si j'apercevais le monstre noir qui m'avait attaqué, qui voulait m'égorger, qui...

– Alors, on va où ? fit Nath.

– À l'église, dit Camille. C'est là qu'il y a le fantôme de sa mère.

De nouveau, le coup de langue contre les dents de Nathalie.

Je ne savais pas si mon amie avait dit ça pour se foutre de ma gueule. Mais manifestement, Nath, elle, trouvait ça débile.

Elle refit demi-tour, moteur rugissant.

– T'as pas remarqué, LF ? dit Camille. On est dans votre pick-up.

Je réalisai soudain que je n'aurais pas dû être là. Et elles non plus.

65.

Je palpai les poches de mon jean, sentit la morsure du berger sur ma cuisse droite, et que ça saignait dessous.

Je trouvai le trousseau de clés du pick-up, dans la poche gauche, là où je l'avais mis. Et le pick-up vrombissait, un autre trousseau des clé cliquetait sur le contact.

Nath venait de s'engager sur la route vers le bourg.

– Regarde-les, tes clés, insista Camille.

Je les sortis.

– Tu devrais pouvoir ouvrir notre cave, avec ça...

Elle éclata de rire.

Elles m'avaient baladé, arnaqué, pigeonné, entourloupé.

On roulait vers le bourg, plongé dans le noir parfait, lui aussi. Dans les phares, on apercevait des façades aux volets fermés, des trottoirs vides et jonchés de détritus, de poussière, des lampadaires éteints, des parkings sans voitures. Sans aucune voiture.

« Tout le monde est parti », avaient-elles dit.

Les pensées se bousculaient.

La honte de m'être fait avoir. La stupeur de cette ville-fantôme.

Le doute sur ce qui s'était passé, sur le parking. Avais-je rêvé ce chien ?

N'avaient-elles rien vu ?

L'incompréhension. Tous ceux qui avaient pu étaient partis. Pourquoi pas elles ?

Pourquoi pas, alors qu'elles étaient si douées pour l'arnaque ?

Un ressentiment montait en moi.

Bon sang, elles m'avaient roulé.

De nouveau, de la méfiance. « Wichita » et « Little Rock ». Elles m'avaient arnaqué, en bas de chez elles. Comme un imbécile. Elles l'avaient fait avant que je sois attaqué, et Nath avait un bâton, dans sa bagnole, en revenant me chercher. Pourquoi ?

Pour moi ?

Elle ralentit devant le parvis de l'église, monta sur le trottoir. La porte de l'édifice était entrouverte.

– File-moi ton pied-de-biche, fit Nath.

Je fus surpris.

Je faillis dire que j'en aurais besoin, pour la statue, peut-être. Mais je n'étais pas vraiment en situation de discuter. Au départ, je m'étais armé. Mais en fait, c'est elles qui m'avaient sauvé la mise. Et qui m'avaient ridiculisé, en même temps.

Et c'était Nath qui l'avait récupéré sur la route, mon arme.

Je lui fis passer l'outil.

– OK, dit-elle. Pendant que vous allez chercher ta mère, je vais essayer la deuxième pharmacie. Et d'abord, l'opticien.

Elle montrait les façades opposées de la place, de l'autre côté de la fontaine vide et muette.

– OK, répondis-je.

– Et j'essaie de trouver une voiture à siphonner dans le coin...

Je sortis de la cabine, Camille me suivit.

Je grimpai sur le plateau arrière, pris la couverture dans laquelle j'avais enroulé mes outils, la lui lançai.

Quelque chose sur la place couinait, une enseigne arrachée, un câble décroché, ça produisait un bruit métallique agaçant. J'éprouvais encore un peu de trouille à me retrouver exposé sur un trottoir : des coups d'œil vers la route qui nous avait amenés là, pour guetter un chien, un grand chien noir – et je ressentais de la honte, le rouge aux joues, d'avoir eu peur pour rien.

Mytho, vraiment ?

Camille avait allumé sa frontale. Je fis de même, elle me repassa les outils.

Nath démarra, pendant qu'on gravissait les marches de l'église.

Je poussai la porte. Elle ne grinça pas, elle.

On entra à l'intérieur, avec nos deux petits faisceaux lumineux et blancs. J'aurais aussi dû récupérer ma torche, devant la pharmacie.

66.

– Put***, mais que c'est grand !

Camille n'avait pu s'empêcher de crier, et son exclamation se répercuta sous les voûtes, avec cet étrange écho que prennent les paroles dans les églises.

– T'étais jamais entrée ?

– Non. Nathalie dit que c'est plein de débiles, ici. Des gens qui nous détestent, elle et moi, juste parce qu'elle m'a eue trop jeune... Mais sans blague, regarde ! On dirait la salle à manger de *Harry Potter* !

L'église n'avait pas été ravagée par le chaos.

Je la retrouvai comme le jour où nous étions venus, le dimanche du nuage, avec Papa.

Des rangées de chaises. Des voûtes sombres. Pas un vitrail cassé, pas un tag, pas même un banc renversé. Mais plus aucune lumière, ni sur le crucifix ni dans le chœur. Et on était venu voler les cierges.

– Elle est où, ta mère ? demanda-t-elle.

– Là...

Je lui montrai la statue de sainte Machine, dans le fond de la nef, à gauche. Sur son socle.

Elle était inanimée, dans la même pénombre que le reste, sans ce halo ni ces gestes doux.

J'allai vers elle, Camille me suivit.

Je déposai mes outils au pied du socle.

– Elle est vraiment là ? Dans la statue ?

– Pas pour l'instant. Je crois pas.

– Mais c'est comme pour le chien, ou c'est pour de vrai ? Je veux dire, Nathalie a raison de dire que t'es barjot, ou pas ?

– Pourquoi tu l'appelles Nathalie, ta mère ? Et pas Maman ?

– Tu trouves qu'elle a l'air d'une mère digne de ce nom ?

Comme un fait exprès, on entendit un grondement croître, dehors, par la porte ouverte. On reconnut le moteur et la conduite, les vitesses qui craquaient : Nathalie revenait déjà, à fond de train. Elle devait avoir renoncé à forcer le rideau de fer de l'opticien, à l'autre bout de la ville.

Ou bien elle donnait la priorité à la pharmacie.

On l'entendit s'arrêter, Camille courut vers la porte, sa mère cria depuis le parvis. Assez fort pour que je l'entende aussi :

– Magnez-vous ! Je viens de voir une meute de chiens, de l'autre côté du pont, qui arrive de la zone commerciale... Je m'occupe de la pharmacie et je reviens vous chercher dans six minutes pile.

Je touchai ma montre, mis le chrono.

Le bruit du moteur rugit, puis une marche arrière, à l'oreille.

Camille, à la porte, se retourna, me regarda. Je souris, ragaillardi.

« Une meute de chiens... » Je n'avais pas rêvé.

67.

Camille secoua la tête.

– Je te préviens, si ça se trouve, on va remonter à pied !

Je fis un pas vers elle. J'entendis, au-dehors, des pneus crisser. Puis un moteur rugir. Un choc sourd. Un bruit de verre qui s'effondre.

– Et merde !

Camille haussa les épaules.

– Tu vois, je lui avais dit de pas se servir du pick-up comme voiture-bélier. Mais cette co***, elle peut pas s'en empêcher, c'est plus fort qu'elle...

Elle fit un pas vers le porche. Elle s'apprêtait à s'élancer vers sa mère, mais je la retins de la voix.

– Attends... Attends, s'il te plaît... J'ai des questions !

– Vas-y !

Elle se retourna, me défia, et sa frontale m'aveugla. Comme si elle me regardait de haut. Même si elle faisait dix centimètres de moins que moi. Elle se tourna de nouveau pour regarder dehors, en plissant les yeux. Avec sa myopie plus l'obscurité, ce devait être en pure perte.

– Ben vas-y ! répéta-t-elle. C'est quoi, tes questions ?

– Pourquoi tu m'as prévenu que vous alliez m'arnaquer ? En me parlant de *Zombieland* ? Pourquoi ta mère m'a bien roulé avec les clés, mais que vous êtes revenues, quand j'ai appelé au secours ? Vous aviez prévu de vous barrer, sinon ? Pourquoi elle avait un bâton ?

Elle ouvrit la bouche.

– T'as fini ? Il t'en reste d'autres ?

– Moi, j'en ai quatre, fit une voix derrière moi. Qui est cette jeune fille ? De qui parle-t-elle, de sa mère ? Pourquoi dit-elle que c'est une conne ? Est-ce que ce sont des manières ?

Je me retournai.

– Maman !

Là-bas, la statue brillait de cette lumière douce, bleutée, ineffable. Maman me souriait mais elle avait l'air quand même choquée.

– Elle... Elle est là ? demanda Camille.

– Ouais. Et elle trouve que tu parles mal de ta mère.

– Merde ! répondit Camille. Voilà les chiens, je crois !

Je la rejoignis à la porte.

Et je les vis : des dizaines de chiens noirs envahissaient la place.

Une meute désordonnée. Un groupe de pillards. Une vague, une marée. On les voyait en très noir sur le terre-plein gris sombre.

La plupart se ruèrent vers le fond, là-bas, en aboyant – vers Nathalie. Les phares arrière permettaient de repérer le pick-up, qui était littéralement entré *dans* la pharmacie.

Déjà, deux ou trois chiens nous avaient repérés, et bifurquaient.

– Ferme la porte ! criai-je à Camille.

Je joignis le geste à la parole, on poussa le gros pan de bois ouvert, on ferma au verrou.

On attendit, la tête dans les épaules.

Il y eut un choc sourd contre la porte, moins de trente secondes après, et des aboiements. Des grognements. Des halètements. C'était le bruit qu'auraient fait des diables sortis des Enfers.

On entendait la bave, les dents, les babines, même sans les voir.

Ils étaient plusieurs. Une dizaine ?

Camille me regarda, interdite.

– Viens, dis-je, dans l'urgence. On descend Maman, on l'embarque. Et ensuite on va voir si Nath a besoin de nous pour se dégager.

68.

Je montai sur une chaise, passai les sangles autour d'elle. La statue n'était pas scellée. Et plus légère qu'on ne pensait. Je tirai pendant que Camille poussait, et sainte Machine vint facilement, trop, sans prévenir...

Elle tomba la tête en avant sur les dalles.

– Hé ! Fais gaffe ! dis-je à Camille.

– Elle n'y est pour rien, grommela Maman. Pas plus que toi, en tout cas !

Je la retournai : la statue avait perdu un bout de nez, comme le sphinx d'Égypte, mais Maman se marrait.

– Ça va ?

– Pas de problème, je ne fais que la hanter... Je suis un fantôme. Où sont tes frères et ton père ? Qu'est-ce qui se passe, ici ?

– Attends, Maman, pas tout de suite, c'est un peu la panique, là...

On la roula dans la couverture.

On la prit par la tête et les pieds, et on la porta jusqu'à la porte, devant laquelle on la déposa.

Derrière, les gueules et les dents continuaient de souffler, flairer, humer. Ça grognait toujours autant.

Ça n'aboyait pas trop. Sûrs de l'emporter ?

Je pris de nouveau une chaise dans une rangée, la soulevai à bout de bras, la brisai sur le sol.

J'en tendis un barreau à Camille.

– Coince-le dans ta ceinture, mais pour pouvoir le sortir rapidement. S'ils t'attaquent, tu lâches la statue, et tu les frappes...

Bien sûr, qu'ils allaient attaquer.

On respira un grand coup avant d'ouvrir.

Et puis on entendit un rugissement mécanique, le moteur du pick-up qui revenait.

Les aboiements redoublèrent. Une lumière rouge sous la porte. Un cri :

– Magnez-vous !

Je jetai un coup d'œil à ma montre : six minutes pile ! Très forte !

– Prête ? demandai-je à Camille.

Elle hocha la tête.

On entrouvrit la porte, on s'élança dehors...

69.

Nath avait ramené le pick-up littéralement sous le porche. En marche arrière. Deux pneus sur l'escalier du parvis, le plateau en pente.

Des dizaines, des centaines de chiens en grappes rugissaient, aboyaient, montraient les crocs autour d'elle, dans les lueurs rougeoyantes des feux de stop, dans les lumières aveuglantes des phares avant.

Ombres folles sur toute la place.

– Regarde pas en détail ! dis-je à Camille

– Banzaï ! hurla-t-elle.

Je me précipitai devant elle dans la mêlée grouillante.

La portière passager s'ouvrit brusquement.

– Allez ! Maintenant !

L'adrénaline me donna une force insoupçonnée. Je saisis la statue à bout de bras, par la tête, l'arrachant aux mains de Camille, fis un grand moulinet. Trois chiens prirent les pieds en plâtre de sainte Machine dans la tête. Ils glapirent.

Leurs quelques voisins hésitèrent un instant. Ça créa un passage entre les gueules, les dents.

Je criai à Camille :

– Monte !

Moi, je balançai Maman sur le plateau, bondis dans le même mouvement derrière elle...

Deux chiens avaient déjà pris position dans la remorque et essayaient de monter sur le toit de la cabine. D'autres grimpaient le long des ridelles en raclant des griffes, en agitant les pattes frénétiquement. Griffures sur le métal, impression qu'ils étaient mille dans la pénombre.

Les deux plus audacieux me prirent dans leur dos, ils reçurent un bon coup de Maman sur l'échine.

Puis je leur lançai deux grands coups de pied, posai Maman, dégainai le barreau de chaise.

Ils se regardèrent, monstres de muscles.

Préférèrent quitter le navire, d'un commun accord – bondirent hors du plateau, comme deux marins qui, après un abordage, réalisent que le navire est désormais aux mains des pirates.

Je fis un tour du plateau, frappai à gauche, à droite, ceux qui tentaient encore de grimper.

Nath démarra à ce moment-là. Brusquement. Je tombai sur les fesses quand les pneus arrière dégringolèrent les marches, retrouvèrent le trottoir.

Le pick-up rugit et se fraya un chemin dans la nuée de chiens dingues.

L'odeur de sueur fauve me saisit alors à la gorge. Musc, sang, comme au zoo. Les claquements des mâchoires. Les éclairs des yeux fous dans la nuit.

Je voyais les têtes des plus grands, qui sautaient à hauteur de plateau pour m'atteindre. J'entendais les crocs heurter le métal.

Un grouillement.

Mais on s'arracha à la meute. On accéléra.

On dut en écraser dans le mouvement. Deux ou trois molosses volèrent autour de nous, dans la nuit. Corps désarticulés. Odeur ferreuse de sang.

Je fermai les yeux.

Ouvrage composé par
PCA – 44400 REZÉ

Imprimé en France
par Normandie Roto Impression s.a.s.
61250 Lonrai
N° d'impression : 2302577
S33721/01

PKJ. www.pocketjeunesse.fr
POCKET JEUNESSE

92, avenue de France – 75013 Paris